• 衛斯理小說典藏版 72 •

天外金球

衛斯理
親自演繹衛斯理
《天外金球》

新之又新的序言，最新的

衛斯理小説從第一次出版至今，歷時已近半世紀，總共出了多少正版，還能計得清，若是連盜版一起算，那就算找外星人來算，也算勿清楚哉！不知能不能也算世界紀錄。

算得清好，算勿清也好，能幾十年來不斷出新版，説明不斷有讀者加入，對作者來説，沒有更值得高興的事了，謝謝所有喜歡衛斯理的人，謝謝謝謝。

倪匡

二〇二〇年六月四日 香港

幾句話

寫了四十多年小說，論者將拙作分為三個時期：早、中、晚。在明窗出版的一批，屬於早期和中期的上半。三個時期的創作風格有相當程度的不同，所以風評不一。本人並無偏愛，但讀友對早期的作品，頗有好評，大抵是由於在早、中期作品之中，主要人物精力充沛，活力無窮，所以使故事曲折多變，小說也就格外吸引。明窗出版社此次重新出版這批作品，正好讓大家來證明這一點。

四十餘年來，新舊讀友不絕，若因此而能有新讀友，不亦快哉！

倪匡

二〇〇五年十一月六日

序言

《天外金球》是早期的衛斯理故事，寫得相當長，這次重新校訂，會把它刪去一些，但長篇小說，伏線甚多，往往牽一髮而動全身，刪改起來相當困難，只好盡力而為，希望能有好效果。

所謂「早期」，是指接近二十年前的作品，《天外金球》寫在一九六六年，距今恰好二十年，二十年，對人來說，是整整一代，二十年前出生的人，現在已經長大成人了。二十年前的舊作，自己再看一遍，在設想上竟一點也不覺得和時代脱節，更沒有落後之感，倒也很值得自己對自己浮一大白。

《天外金球》的地理背景，雖未言明，但十分鮮明，自然，小說的幻想成分高，不必太斤斤計較事實，看小說若是什麼都要追究起事實來，那是煮鶴焚琴，十分煞風景的事。

結果是：經過了大幅刪改，看過舊版的人，一定會在吃驚之餘，發現整個故事的結構，一點也沒有受影響，反倒更乾淨俐落了。

衛斯理（倪匡）

一九八六年十一月五日

目錄

目錄

第一部

一群逃亡者的要求

這一件事情，若是要有系統地敘述起來，應該分為前、後兩部分，前一部分，是白素在歐洲到亞洲的冒險經歷，曲折動人。而在她以為事情已經完畢，從冒險地區回來之際，我有機會知道白素冒險的經過，卻給我發現了一點小小的破綻。

而這點小小的破綻，在經過了仔細的推敲之後，竟愈來愈擴大，最後，完全推翻了白素已然得出的結論，我們兩人，再一起到那個充滿神秘氣氛的地方去，才算有了真正的結果。

所以，在敘述這一件事的時候，整整上半部，我——衛斯理，是不在場的，那時，我正忙着別的事情。主人翁是白素。

這件事情的上半部分，不是第一人稱，而是第三人稱——她——為主的。請看慣了我幾次敘述的朋友原諒。

巴黎的雨夜。巴黎迷人，再加上雨夜，自然更使人迷戀，白素駕着車，卻絕不留意雨中的巴黎景色。

她和父親一起到歐洲來，可是她的父親白老大一來，就被幾個舊朋友拖着去研究縮短新釀的酒變陳的辦法，他們計劃如果實現，那麼只釀好一個月的酒，品嘗起來，就像是已在地窖中藏了一百五十年一樣。別以為這個研究課題簡單，它卻包括了化學、物理學、生物學、微生物學、酶學等等的專門學問在內，所以幾個專家夜以繼日地將自己關在實驗中，再不見人。

那個雨夜是她決定在歐洲逗留的最後一夜，她準備回酒店去，略為收拾一下就直赴機場。可是，當她的車子，才一來到酒店門口停下，酒店的侍者，替她拉開車門的時候，兩個穿著相當陳舊的西服的中年人，卻搶先一步，迎了上來。

白素剛下車，那兩個中年人便已到了她的身前，其中的一個，說的是生硬的中國語：「白小姐？」白素向兩人略打量了一下，從這兩人的衣著來看，他們無疑窮途落魄。

他們有可能是中國人，但也有幾分像蒙古人。別人遇到這種不速之客攔住了去路，一定會十分不高興，但是白素只是略一奇怪：「是的。」不料她的話才出口，那男子就突然踏前一步，將抓在手中的一條藍色的緞帶子，掛在白素的頸上。

白素在那一剎那之間，陡地想起，那種緞帶子，那中年人的動作，都像是一個素有神秘地區之稱的地方的一種禮節。那中年人在做這個怪動作的時候，面上的神情十分虔誠。

白素低頭，望了一望頸際的緞帶子：「兩位有事情找我？」

那中年人道：「是。」

白素微笑道：「那我們進酒店去再說如何？外面風大，也不適宜於講話。」

白素心中疑惑，因為她雖然肯定這兩個人沒有惡意，而且是有求於自己。但是這兩個人的行動，身分，都十分神秘，而且，他們究竟要求自己做什麼事情呢？

白素住在酒店的三樓，那是很大的套房，有三間臥室和一個客廳，如今只是白素一個人住，她將兩人讓進了會客室，兩人坐了下來，樣子十分拘謹。

白素脫下了皮大衣，在他們的對面坐下：「我不喜歡人家講話轉彎抹角，兩位有什麼事情，不妨盡快地告訴我，我還準備趁夜班航機離去。」

那兩個中年人忙道：「是，是，白小姐，我們請你看一張地圖。」

白素更加愕然：「一張地圖？」

一個中年人道：「是的！是的！」他一面說，一面小心翼翼地取出了一個油紙包來，解開那個油紙包，出乎白素意料之外的，包內的竟是一個金盒子，那不但是一個金盒子，而且盒子上，還鑲滿了各種寶石，鑲工極其精緻，砌成一隻獅子的圖案。

白素是珠寶鑒定的大行家，她一看見這個盒子，便沒有法子不發怔，因為那上面一顆大紅寶石和一塊大翡翠，都是國際珠寶市場上最吃香的東西，時價是絕不會在五十萬英鎊之下，在兩個衣著如此之差的神秘人身上，卻有着那麼價值鉅萬的寶石金盒，真是太不可思議。

那中年人，用手指按下了一粒貓兒眼，盒蓋便自動彈了起來。

從那個金盒上的花紋和盒上的機關來看，這個盒子，無疑是出自中古時代，波斯著名的金匠的傑作。那就是說，這個盒子是古董，它的價值，遠在它所包含的金質、寶石之上。

而這一顆東西，不是收藏在各國的帝王之家，便是在幾家著名的博物院中，何以竟會在這樣兩個人的身上出現，而且這兩個人又輕易地將之在陌生人面前展露？

金盒的盒蓋彈開，那中年人小心地，從盒子中，拈出一疊摺得十分整齊的紙來——紙已經發黃，而且邊緣還相當殘破，一望而知，年代十分久遠。

一個中年人道：「白小姐，我們是一群逃難的人。」

白素反問：「逃難的人？這是什麼意思？」

那中年人用低沉而緩緩的聲調道：「我們的亡命，是轟動世界的大新聞，我們是歷盡了艱辛才逃出來的，白小姐不知道麼？」

白素知道了，但是白素也驚愕之極。

她在一見到那兩人的時候，曾經估計他們是蒙古人，但他們不是，白素不禁暗罵自己糊塗，因為在一下車，他們將緞帶子掛在自己頸上的時候，就應該知道他們是什麼人，那是他們特有的禮節！

他們自稱是逃難的人，而他們的那次逃亡，舉世轟動，是政治和宗教的雙重逃亡。

白素呆了半晌之後才道：「原來你們是受盡了苦難的人。」

那兩個中年人道：「我們本來想找令尊幫忙，令尊曾經在我們的地方，做過我們的貴賓。」

白素忙道：「是，那是多年以前的事情了，但是他還是津津樂道，他說你們的地方，是世界上靈學研究的中心，亦是唯一以精神淩駕於一切之上的神秘地區，我和我哥哥，都給他說得心嚮往之。」

那中年人忙道：「白小姐如果見到如今我們的地方所遭受的摧殘，那你一定不會再心嚮往之了，你想想，如果可以忍受的話，我們怎會背井離鄉跑出來，去寄人籬下呢？」

白素也不禁給他講得慘然，長嘆了一聲。

三個人靜默了好一會，那中年人才道：「可是令尊說他沒有空，並且說他老了，也不能再做什麼事了，他要我們來找白小姐，說白小姐的身手、本領，還在他自己之上，所以我們才冒昧來求的。」

白素苦笑了一下：「那麼，你們究竟想要我作什麼呢？」

那兩個人道：「我們這次逃難十分倉皇，到了非走不可的時候，也就是生死存亡的關頭，而我們還得躲避騎兵、飛機的追襲，幸虧沿途有人幫忙，才算逃出了虎口。但是，由於出走時的倉猝，有一件十分重要的東西，忘記攜帶了。」

白素皺了皺眉頭，並不出聲。

那兩個人頓了一頓：「所以，我們想請白小姐代我們去將那件東西取出來。」

這一個要求，是白素萬萬意料不到的。

那中年人說着，把那張紙在茶几上攤了開來，從它不規則的形狀看來，白素知道那不是一張紙，而是一張羊皮。

白素連忙向那張羊皮看去，只見羊皮上，有許多藍色和紅色的線條，乍一看不知是什麼東西，看得久了，勉強像一張地圖。

這時，另一個自袋中取出了一個小小的金盒子來，揭開了盒蓋，將小盒子放在茶几上。

盒子中有四顆鑽石，每一顆鑽石，都有十克拉以上，而且顏色極純，在燈光下發出眩目的光彩。

那中年人道：「這四顆鑽石，是我們送給白小姐的。請你把我們遺下的東西取出來。」

白素呆了一會，苦笑着，道：「我有那麼大的神通？你們不是不知道那地方的情形。」

那中年人嘆了一口氣：「白小姐，我們是請你勉為其難。」

白素攤了攤手，道：「我實在無能為力，你想，你們那地方，現在有多少武裝部隊在？我一個人，就算帶一顆原子彈進去也不行。」

那兩個中年人互望了一眼，面上現出了極其難過的神色來。

他們沒有再說什麼，只是每一個人都沉重地嘆了一口氣，然後收拾好了東西，就默默地離開。白素也感到十分不舒服，她在兩人走了之後，在房間中踱了幾步，走到寬大的陽台上。

她站在陽台上，向下看去，只見那兩個人剛好從酒店的大門口走了出去。

白素想起未能給他們兩人以任何幫助，心中正在十分難過，忽然之間，只見對面街，又有兩個人，向這兩個中年人迎了上來。

那兩個人，到了中年人的面前——他們的出現，並未引起白素多大的疑惑，因為白素估計，那四個人可能是同伴，可是，自對面街迎上來的兩個卻來得太近了，而且，那兩個中年人略停了一停，然後又向後退了一步，像是突然之間，受了震驚。

但是他們只退了半步，便停了下來。

白素自上面望下去，可以十分清楚地看到四個人的動作，但是卻看不到他們面上神色的變化。

然而，白素卻下意識地感到，在那兩個中年人後退半步的時候，他們的面上，一定現出了十分吃驚的神色來。

那兩個人再逼前半步，便分了開來，一邊一個，站到了那兩個中年人的身旁，然後，一齊向前走去。

這一切，只不過是大半分鐘的事情，他們四人，迅即轉過了街角，便看不見了。

然而，就在那大半分鐘的時間內，白素已足可以看得到，那兩個中年人，是受了自對面街迎上來的人的要挾而離開去的。

白素沒有多作考慮，立時轉過身，衝出了房間，她來不及用升降機，從樓梯衝下去。她未能答應那兩個中年人的要求，心中已感到一股說不出來的歉意，如今那兩個中年人又分明遭到了危險，她絕沒有坐視不救的道理。

白素的動作十分快，她轉過了街角，便看到一輛大型的汽車，恰好發動，而車中，那兩個中年人正被另外兩個橫眉怒目的漢子，夾在當中。

出乎白素意料之外的，那兩個人，竟也是黃種人。

白素呆了一呆，她幾乎要以為自己弄錯了，但是，她還是在那輛汽車剛一開始滑動的時候，便射出了兩枚小小的飛鏢。

那種飛鏢是由她自己設計的一種特殊裝置發出來的，鋒銳的尖端，可以射穿一分厚的鋼板。那兩枚鋼鏢，射穿了汽車的兩個後胎，使那輛車子，猛地震動了起來。

白素連忙趕了過去，可是她才踏前一步，自汽車中便有一柄手槍從窗口伸了出來，緊接着便傳來了「啪啪」兩聲響。

白素早在槍口揚出車窗之際，便突然一個打滾，滾向前去。

那兩槍並未曾射中她，子彈直嵌入對面街的牆中。

白素滾出了幾呎，立時跳了起來。這時，汽車的車門打開。

被打開的車門，是在和白素滾向前去相反的一面，坐在司機位上的一個人，以及夾着那兩個中年人的兩個人，自打開的門中，向外跳了出來。

等到他們跳出來時，白素已然撲到了車邊，那三個人並沒有什麼動作，他們只是迅速地向前，奔了出去，白素本來是想向前追過去的。

可是，當她看到車廂中那兩個中年人時，她便站定了腳步。

車廂中的兩個中年人，面上的肌肉可怕地抽搐着，他們顯然是在忍受着極度的痛苦。

他們的胸口，各有一個子彈孔，鮮血就在子彈孔中流了下來。

白素的頭剛一探進窗口，一個中年人頭一側，喘着氣：「他們沒有得到所有的東西，我們……仍然放在你的房中……的椅墊下，白小姐，你要幫助……我們……」

白素實在沒有勇氣去拒絕一個臨死的人的要求，她急忙點了點頭。

那人的面上，竟現出了微笑來，然後死去。

這時候，有一個法國男子來到白素的身後，放肆地伸手抱住了白素的纖腰：「小姐，有什麼要我幫忙的？」

白素身子一轉，便已轉到了那男子的背後，伸手一推，將那男子的頭，推進了車窗：「有的，你去通知警察吧！」

她講完了這句話，連忙退了開去，至於那男子見了車中的那兩個死人之後，是如何地驚異以及他如何答覆警方的盤詰，白素都不理會了，這也可以作為他輕薄的一種懲罰。

白素在人群中穿出去，回到酒店房中，在椅墊下找到了那幾件東西：一個鑲有寶石的金盒、羊皮圖，及放有四顆鑽石的小盒子和一封信。

事情的變化來得太突然，她既然已答應那個垂死的中年人，那麼她非捲入這個漩渦之中不可了。

她以最快的速度收拾了自己的行李，而將那兩個中年人留下的東西，藏在身上，又由樓梯下樓，避免被人察覺，上了自己的車子。

她絕不想被法國警方找到，是以她鎮靜地以正常的速度，向機場駛去。到了機場，她才和白老大通了一個電話。

白素知道她目前的處境十分惡劣，她希望在她的父親處得到幫助。可是，白老大的回答是什麼呢？

白老大的回答是：「別來打擾我，我正在替全世界的酒鬼作服務，在作驚人的研究。」

白素嘆了一口氣，放下了電話，當她一轉身，準備走出電話間時，卻看到在不遠處站着的兩個人，正迅速舉起了他們手中的報紙。

這兩個人分明是在監視她的。她離去得如此之快，但居然已經受了監視。

她向機場附設的餐廳走去，坐了下來。她剛一坐下，立時便發覺那兩個笨拙的跟蹤者，也跟了進來。

白素並不理會他們，咖啡來了之後，她慢慢地呷着，她想起那兩個中年人遺下的東西中，有一封信，那封信不知是什麼意思？

照說，在公眾場所，去看一封明知有着十分重要關係的信，十分不智。但是也正因為在公眾場所，監視她的人可能認為她在看的是一封無關重要的信，而不加注意。

白素打開了信，信是用英語寫的，可能是在白素答應他們所請之後，才交給白素的。信中寫着：

一、請立即動身，到加爾各答甘地路十九號的住宅中，和宗贊博士接洽，他會轉告你詳細的一切。

二、請小心，佛會保佑你，你若是成功了，那你替我們做了一件無上的功德。

三、四顆鑽石，阿姆斯特丹方面的專家估價是八十萬英鎊，如果要出售，請和阿姆斯特丹的晨光珠寶店店主接洽。

白素看完了之後，將第一條上提及的那個地址記住，然後，將那信撕成了極碎的碎片，離開了餐廳，上了飛機。

等到她在飛機上坐定之後，她才覺得真正安全了，她在考慮，飛機在下一站停下的時候，她便要轉機，直飛到加爾各答去。

飛機的搭客陸續上來了，在白素旁邊坐下的是一個中國人。那人約四十上下年紀，風度十分好。空中小姐將他引到座位上的時候，稱他是「周法常博士」，這個名字令得白素肅然起敬。因為誰都知道周博士是一位著名的科學家。

周博士似乎不怎麼喜歡講話，一上飛機就在閉目養神，一直等到飛機上升，空中小姐也忙過了一陣子之後，周博士才睜開眼來，將他手中的一本書，放在白素的膝蓋之上。

這突如其來的舉動，令得白素陡地吃了一驚。

白素首先向這本書看去，一看之下，她更是難以相信自己的眼睛。

在那本書的封面之上，用中國字潦草地寫着：白小姐，我們要談一些話，請別吃驚！

第二部

研究神宮地圖

白素在極度的驚愕之中，反倒顯得十分鎮定，她將那本書放回在周博士的身上。然後才道：「好吧，由你先開始好了。」

周法常道：「為了你自己的安全着想，將得到的東西拿出來。」

白素伸了一個懶腰，放低了坐椅的背，轉頭朝着窗外，不去理睬周法常。

從表面上來看，白素十分鎮定，像是根本不將事情放在心上。

然而，她的內心，卻異常焦急。

她知道，對方已張開了一張大而嚴密的網，自己已經置身在這張網中。在網邊未曾收緊的時候，自己或者還可以左衝右突一陣。

但是，一等網收緊了之後，就只有束手就擒的份兒。

該如何衝出這張網呢？

而且，使人懷疑的是，何以對方對那兩個人交給自己的東西如此重視？那兩個人所說的，有一件極重要的東西留在他們的地方，忘了帶出來，那又究竟是什麼東西呢？

白素的腦中，亂成了一片，飛機飛得如此平穩，但是她卻像是處身在驚濤駭浪之中一樣，難以平伏心中的思潮。過了許久，她偷偷轉過頭去，卻看到周法常正目光灼灼地望着她。

白素一面在迅速地轉念，一面緊緊地抓着手袋。她知道對方要的東西，並不是那四顆鑽石，而是那一張地圖。那張地圖，自己該放在什麼地方才好呢？

她突然站了起來，向洗手間走去。當她在窄窄的飛機走廊中穿過的時候，她發現至少有六七雙眼睛，在注意着她。

對方在飛機上佈置了那麼多人，這本是在她的意料之中的，她到了洗手間，將那個寶盒，打了開來，將那張地圖，盡量地捲小，摺成了一團，塞進了她的髮髻之中，藏了起來。

當她自覺得沒有什麼破綻的時候，她才走了出來，回到了座位上。周法常有禮貌地讓開了些，給她通過，甚至他的臉上，還帶着十分客氣的微笑。

白素的心中，仍然十分亂，她藏起地圖，然而那絕不是根本應付的辦法。

因為如果她落到了他們的手中，地圖就在她的頭髮中，焉有找不出來的道理？

白素在思索着，下了飛機之後，在羅馬，他們將如何對付自己呢？

白素甚至希望飛機永遠在飛行中，永遠也不會到達羅馬。

但是那究竟是十分幼稚的想法，飛機還是依時到達了羅馬機場！

她可以有六個小時的休息，然後再搭乘另一班飛機到土耳其的安卡拉去。在安卡拉，再轉飛印度的加爾各答，去找她要找的人。

白素在巨大的飛機滑行在跑道上的時候，才再度開口：「你甚至不知道你向我要的是什麼東西，是不是？」

周法常道：「那倒不至於，我知道那是放在一個寶盒之中的一張地圖，根據這張地圖，就可找到一種東西。」

白素冷然道：「那是什麼？」

她在問的時候，雖然充滿了毫不在乎的神氣，但是她心中着實想知道那究竟是什麼。

周常法道：「那我真的不知道了。」

飛機停下，機門打開，白素慢慢地向前走着，當她來到了閘口的時候，前面並排在走着的三個人，轉過頭來，對她發出了不懷好意的陰險笑容，令得白素陡地站住了腳步。

也由於她是突然之間站住的，一輛行李車突然駛了過來，幾乎將她撞中。行李車的司機高叫一聲：「小姐，小心！」

白素轉過頭去，也就在那一瞬間，她的心中，陡地亮了一亮！

她猛地向前衝去，手中的皮包，用力向上，摔了過去，打在那司機的面上，那司機絕對防不到如此美麗的一位東方小姐，在忽然之間，會有這樣的行動，他的身子突然向後一仰。

白素再向他的胸口頂了一肘，司機便從座位上直跌了下來，白素跳上了行李車，向前一直駛了出來。剎那之間，機場之中，大亂而特亂了起來。

白素駕着行李車，橫衝直撞，當然，她不可能衝出機場去，警車從四面八方圍了過來，她立即被帶上了一輛警車，直駛警局。

白素絕不反抗，十分合作。到了警局之後，她才提出了要求：「我要見米蘇警長。」

她堅持她的要求，直到她見到了羅馬市警局的局長，也是意大利警政上極有地位的米蘇局長。她的第一句話就是：「局長先生，我是衛斯理的未婚妻。」

（一九八六年按：那時衛斯理和白素還沒有結婚！）

米蘇局長愕然，看來他不知是應該致歉好，還是表示驚異的好。

衛斯理當然不是什麼要人，但是卻曾在年前，替意大利警方，做了一件大大的好事，使得縱橫歐洲的黑手黨精鋭損失殆盡。

這件事，使衛斯理在意大利警方的檔案中成為一個特殊人物，意大利警察總監督曾下過一項特別的命令，那就是衛斯理以後就算在意大利境內犯事，也要受特別的處理。

這些事，白素是全知道的。所以，那個機場行李車的司機才會捱了打（事後，在警局中，白素在那位司機的臉頰上吻了一下，表示歉意，那位司機説願意每天都捱上十次打），白素才會來到了警局，才會堅持要求見米蘇局長。

因為唯有這樣，才能擺脱追蹤的最好也最簡單的方法。

在白素會見了米蘇局長的兩小時後，她化裝成一個女警。

然後，她登上例行的巡邏車，並不是向機場，而是直到那不勒斯。在那不勒斯坐上船，去的地方更妙了，她回到了法國，在馬賽登陸。

然後，她再從馬賽到巴黎。這是在捉迷藏？的確是在捉迷藏，只不過那不是小孩子的遊戲，而是殘酷的生死之鬥。

在白素又回到巴黎的時候，某方人員在向印度猛撲，撒下了天羅地網，等候白素鑽進網中去。可是白素在他們萬萬想不到的地方，她仍然在巴黎。

白素在巴黎郊外的一幢洋房深居簡出，她每天最主要的工作，便是研究那幅地圖。

當她在酒店中，第一次看到這幅地圖時，覺得上面只是許多交叉的線條，紅色藍色，看來令人莫名其妙。然而當她再度展開地圖時，她看到的地圖上，有着一行她所不認識的文字。

她不得不去打擾她的父親，由於要研究使新酒在短時期內變得香醇的辦法，白老大和幾個志同道合的同志，正終日在醉鄉之中過日子。

但白老大還是認出了那行字來，那行字是：神宮第七層簡圖。

（「神宮」是筆者杜撰的一個名詞，那純粹是為了行文的方便之故，但事實上，將那座宮稱之為「神宮」，也十分恰當。）

雖然說是「略圖」，但也看得人頭昏腦脹。在地圖的右上角，一個紅色的小方框中，有金色的一點。那一點金色，可能是用真金粉點上去的，因為它金光燦然，十分搶眼。

而在那個小方框之旁，又另有一行小字，白老大看了半天，總算也將之認出來了，那是：神賜的金球，天賜給的最高權力的象徵，藏在這裏。

這兩行字經白老大翻譯出來了之後，白素除了苦笑之外，實在不知道做什麼好。

她當然明白，那兩個人要她潛入去取的，就是那個所謂「神賜的、天賜的最高權力象徵」的金球了。那本來就是宗教氣氛濃於一切的地方，宗教領袖被迫逃亡，如果竟沒有「神賜的權力象徵」的話，那麼在他的流亡生涯中，對本土的影響自然要減少。相反地，如果逼走宗教領袖的對頭，得到了「天賜的權力象徵」的話，自然也易於收拾局面。

這一件東西，關係的確極之重大。

白素在那幢不受人打擾的洋房中，專心一致地研究那地圖。半個月下來，她已經初步看懂了那地圖上的一些奇怪符號。

那地圖上的紅線，白素假定是明的通道，而藍線則是暗道，因為藍線錯綜複雜得多，幾乎連着每一小方框（小方框，白素假定那是房間）。而圈形的符號特多，大大小小都有。

因為那是神宮，所以白素假定那是神像。而小方框的缺口，當然表示那是門了。

在眾多的藍色的線條中，有一條之旁，有一個箭頭，白素假定那是起點。而那是在兩個大圓點之中的。也就是說，白素的假設成立，那麼白素在進入神宮的第七層之後，從兩個大神像當中，便可以找到暗道的入口處。

白素仍然不免苦笑，因為問題是在於，她幾乎沒有可能進入神宮的。

神宮建築在那個地方的一座山上，這座神宮，稱之為「神的奇蹟」是絕不為過的，它的宏偉壯麗，比埃及的金字塔不遑多讓。

而那地方，可以說是世界上最神秘的地區之一，全是險峻的山路，而且那地方是一個戰場，想進入這個地方，到達神宮，是難以想像的事情。

雖然她絕不是輕諾的人，而她也的確曾經在那個人臨死之際答應過人家，但是她仍然不準備履行諾言，她自覺是有權利這樣做的，因為這根本是不可能做的事情。

她只是準備在到了加爾各答，見到了那封信上要自己去見的那人，然後將地圖和鑽石交給那人之後，便算結束了這件事。

二十天後，白素幾乎不帶什麼行李，她只是利用了兩個假的小腿肚，將那張地圖，和四顆鑽石，分別藏了起來，而將兩個盒子，留在巴黎一家銀行的保險箱中。

那種假的小腿肚，和人的膚色完全一樣，貼在小腿上，令得她原來線條美麗的小腿看來稍為肥胖一些，可說天衣無縫。

白素坐夜班飛機離開巴黎，她仍然採取那條航線，這一次，在整個飛往羅馬的航途中，絕沒有人來騷擾她，因為她不但化了裝，更使用了一個新的護照，連名字也改了。

從羅馬到安卡拉的途中，也安然無事。

一直到了加爾各答，白素相信自己已成功地擺脫了跟蹤。

但她在步出加爾各答機場之際，仍然有點提心吊膽。她知道在印度，和她此行敵對的一方，勢力更大，她若不小心提防，只怕每跨出一步，便可能跨進一個陷阱之中。

加爾各答對白素來說，是一個陌生的城市，她召來一輛出租汽車，要司機駛向她在巴黎的時候，那男子留下信中所寫的地址。

白素在上了車子之後，心情輕鬆，因為她一見到那個要找的人之後，只消簡單地說明自己的來意、身分，再將那地圖交給那人，就再沒有責任了。

當出租汽車停下來的時候，她抬頭向外看，那是一幢很殘舊的房子，門關着，在門旁不遠處的一株大樹下，有一個老人，正垂着頭在打瞌睡。

白素下了車，走到門前敲門，敲了沒有幾下，並沒有人來開門，門卻「呀」地一聲打開了。

外面的陽光十分強烈，門內黑暗，以致在一剎那間，她幾乎什麼也看不見。白素連忙機警地退出了一步。

這時，她眼睛已漸漸能適應比較黑暗的光線了，她看到，門內像是一個皮匠的工作坊，有許多皮匠使用的工具。有一道樓梯通向樓上，而另有一道樓梯，則通向下面的地窖。

白素慢慢地走了進去，沉着聲音道：「有人麼？」

她的聲音，在空洞的房屋中，聽來有一種異樣的味道。她連問了幾遍，並沒有人回答她。白素來到了樓梯口，向上望去。

上面靜悄悄地，也沒有人聲。白素略為猶豫了一下，便向上走去。她到了樓梯的盡頭，發現一扇房門，出乎她意料之外的，那竟是一扇十分堅實的橡木門。

白素又在門上，敲了幾下，裏面沒有人回答，她輕輕地握着門把轉了一轉，門又應手而開，白素將門推開，向室內望去。

那房門的底層，是如此陳舊凌亂，但是那扇橡木門之後，卻是一個相當華麗，堪稱極之舒適的一間房間，所有的家具，都是第一流的。

房間中沒有人，白素退了出來，回到了底層，然後，她向地窖走去，才走了幾步，她就覺得陰暗無比，不得不在牆上摸索着向下走去，居然給她摸到了一個電燈開關，將燈亮着了。

地窖中堆滿了各種各樣的雜物，在正中有一塊五呎見方的空地。那空地上有一張椅子，椅子上有一個年輕人坐着。

那年輕人立時道：「我知道了，你是白素小姐，我叫薩仁，在巴黎求你的三個人中，有一個是我的叔父。」

白素的神情，顯然不太相信那年輕人的話。

薩仁急道：「白小姐，我帶你去見我的伯父，由我伯父的引見，你可以見到我們的領袖。」

白素仍然不出聲。

薩仁嘆了一口氣：「白小姐，你已答應了幫忙我們，我是領你走進去的嚮導，因為幾乎所有的道路全被封鎖了，有一條小徑，只有極少數人知道，所以要我帶你進去，你還不信我麼？」

白素並沒有想了多久，便點了點頭，薩仁先向地窖走了下去，白素連忙跟在他的後面。

在兩大堆麻袋之中穿了過去，那地方只不過呎許來寬，兩旁的麻袋堆得老高，像是隨時可以倒下來。

他們兩人斜側着身子，穿出了十來呎，前面便是一隻大箱子。

薩仁毫不猶豫地打開了那個大箱子的蓋，跳了進去。白素也跟了進去。

原來那是暗道的出入口，箱子沒有底，有一道石級，一直向下通去，通到了後來，下面是一潭污水。白素呆了一呆：「這是什麼地方？」

薩仁道：「這是一條下水道，必須從這裏通出去，雖然髒一些，但這是唯一的出路，你怕老鼠麼？這裏有很多大老鼠。」

白素「哼」地一聲：「當然不怕。」

他一面說，一面已向污水中走了下去，白素也跟了下去，水只不過呎許深，發着一種難聞之極的穢味，走出了三十來碼，又有一道石級通向上。

薩仁和白素走上了石級，頂開了一塊石板走出來，那是一條陋巷。

陋巷中並沒有人，薩仁和白素急急地向前走着，一直轉過好幾條街，薩仁才停了下來：「白小姐，如今你可相信我了？」

白素略想了一想：「很難說。」

薩仁又道：「那地圖，可是在你身上麼？」

白素一聽得薩仁忽然提起了這個問題，她陡地警惕了起來：「不在。」

薩仁沒有再問下去：「那麼，你可願跟我到一處地方去？」

白素道：「那要先看這是什麼地方。」

薩仁低聲道：「那地方可以稱作是一個行動委員會，是專為拯救那個金球而設立的。派出六個人到巴黎去，請求令尊的幫助，也是這個委員會的決定。」

白素望着薩仁坦誠的臉：「好。」

又走出了幾條街，薩仁打開了停在街邊的一輛車子的車門，駕車向前駛去。一直到一幢大洋房面前，停了下來。

那洋房有一個很大的花園，當兩人還未走到洋房的石階之際，便有人迎了上來。

白素跟着他們兩人，進入了一個大廳，看到有七八個人坐着，這七八個人，都穿著十分特異的服裝。

白素本來一直還心存懷疑，可是，當她一看到這七八個人中的一個中年人之後，她的心就定下來了。因為她曾不止一次地在報上看見過這個中年人的相片。這個中年人，是這次政治性、宗教性的大逃亡中第二號重要人物，在這裏，我們不妨稱之為章摩。

那位章摩先生趨前來，與白素握手。

章摩先生道：「白小姐，我與令尊一向是很好的朋友，這次他為什麼不來？」

白素忙道：「家父說他的精力不夠，是以不能應你的邀請，他是特地叫我來婉辭你的要求，那幅地圖和一切，我現在就還給你。」

白素一面說着，那幾個人的面色，便一直在轉變着，等她講完，章摩先生驚訝地道：「白小姐，這是什麼意思，你不是答應我們了麼？」

白素聽了這話，面上頓時紅了一紅。

章摩先生道：「你已經答應過的，是不是？」

白素只得道：「不錯，但是那時候，我是為了不致使那位朋友在臨死前感到失望的緣故，我根本不打算捲入這個漩渦之中。」

白素講到這裏，停了一停。

她發現所有的人，全都以一種十分異樣的眼光在望着她。她當然知道，自己的話一定已令得對方十分不高興，甚至對她的人格產生懷疑了。

但是白素卻仍然不打算改變她自己的主張，她繼續道：「我覺得這件事由我去做是不適合的，你們來自那地方，有的人還曾在神宮之中居住過，進行起來當然比我方便得多。我想，我也沒有對不起你們的地方。」

白素俯下身，在她被污水弄得十分骯髒的小腿上，取下了那幅藏在假腿肚中的地圖，放在章摩先生坐位旁的茶几之上。

章摩先生伸出了一隻手，按在地圖上。

白素在講話，和將地圖交出來的時候，沒有一個人出聲，人人都以一種難以形容的目光望着她。

白素取出了地圖之後：「各位，我要告辭了！」

在她轉過身去的時候，她看到有兩個中年人，似乎張口欲言，但是章摩先生卻舉起了手，阻止了這兩個中年人說話。

白素不管這一切，毅然向門口走去。

當她來到了門口的時候，才聽到了章摩先生叫了一聲：「白小姐！」

白素站住了腳步，由於她根本不準備再逗留下去，是以她只是停住了身子，並不轉過身來。

章摩先生的聲音，自她的身後傳來：「白小姐，我們的族人，對於一個講了話而又不算數的人，是十分鄙視的。」

白素的臉上又紅了起來。她十分鎮定地道：「我可不是你們的族人。」

章摩先生的話卻十分圓滑，他道：「我相信你們一定也是同樣的，言而無信，這是好事麼？但是，我們沒有責怪白小姐的意思，真的一點也沒有。」

白素深深地吸了一口氣：「那我要謝謝你了。」

章摩先生嘆了一口氣，白素聽得她的身後，又有腳步聲傳了過來，同時，薩仁的聲音響了起來：「由我來送你一程。」

第三部

會見大人物

白素倔強地搖了搖頭：「不用了。」

她一講完，頭也不回，便向外走去，急步地穿過了那個相當大的花園，從鐵門中走了出去，一口氣走過了兩條馬路，才停了下來。

她覺得剛才，在那個大廳之中所遇到的那幾個人的眼光，雖然令她感到十分尷尬，但是如今總算是一身輕鬆了，不必再提心吊膽了。

她略略想了一想，便決定先在酒店中休息一晚，然後，就離開這裏。

她召了一輛車子，到了一家中型的酒店門前，走了進去，要了一間套房，然後乘升降機到了五樓，進了她的房間。

她需要買許多應用的東西，但在當侍者剛一退出去之後，奇怪地又按鈴，幾乎是立即地，房門又被推了開來。

白素正在驚訝於何以這裏的侍者如此沒有禮貌之際，一個冷冷的男子聲音，已響了起來，道：「白小姐，我們終於見面了。」

白素陡地轉過身來。

在她面前的人，已用槍指住了她！不但如此，門外又奔進四個人來，手中都有槍！

白素無法反抗，被五個人擁着離開，上了一輛車子。

車子在十分鐘後，停在一幢十分巍峨的建築物之前，那是一間總領事館，車子直駛了進去。白素一看到車子來到了總領事館，心便猛地一震，立時想站了起來，但是她的左右，卻有武器指住了她。

白素這時候，心中的焦急，實在是難以言喻的。

照理她是不應該這樣震動的。

白素被帶到三樓，在上樓，和在走廊中走動的時候，幾乎每隔幾步，便有警衛在附近。

白素已經看出，自己要去見的那個人，一定是一個非同小可的重要人物。

最後，來到了三樓的一間房間面前，一個警衛推開門，白素跨了進去。

那是一間光線十分柔和的辦公室，十分寬大。在一張極大的辦公桌後面，坐着一個人。那人方臉，大耳，雙目神光炯炯，神色十分威嚴。

在近門的牆邊，站着兩排，一共八個彪形大漢。

白素乃是柔術和中國武術的大行家，她一看到那八個人站立的姿態，便知道對方也是那方面的行家。這八個人的身上，都顯然沒有別的武器了。

他們八個人，當然是身負保衛大人物的重任的，可是被保衛的卻又不放心他們，所以不讓他們帶武器，白素看了這種情形，心中不禁好笑。

她走前了幾步，在房間的中央，站了下來，一個老者站了起來：「白小姐，請坐，我來介紹你認識——」

他頓了一頓：「這位是張將軍。」

「張將軍」，那只是一個十分普通的稱呼。然而在如今這樣一個特殊的環境之中，白素幾乎是一聽到這三個字，便知道他是什麼人了。

簡單地來説，他是一個姓張的將軍，但是他卻是統治着一片廣大的地區，數十萬人的統治者。他操着這數十萬人的生死，而他的部下，這時也正在屠殺着意圖反抗他和他所隸屬的那個集團統治的人。

這樣的一個重要人物，居然會秘密地離開了他所統治的地區而來到這裏，這無論如何，是大大地出乎白素的意料之外的事。

白素略帶僵硬地道：「張將軍？是為我而來的麼？」

張將軍開口了，他的聲音聽來卻使人有一種滑稽的感覺，和他威武的相貌，十分不合，他道：「可以說是的。」

有一名大漢搬過了一張椅子，白素坐了下來。

張將軍的面上，現出了怒意，他手握拳頭，在桌上重重地敲了一下：「你竟然無知到去幫助一群叛徒，真是太無知了。」

白素抗聲道：「我是應該幫助他們的，而實際上，如今我卻並未曾幫助他們。」

張將軍陡地站直了身子。

他甚至於還未曾講話，原先貼牆而立的八名漢子，已一齊走向前來。

白素也站了起來，她已準備迎接最大的不幸了。

那八個大漢，來到了白素的身邊之後，並沒有什麼動作，他們在等待張將軍的命令。

張將軍目光如炬地望着白素，足足有兩分鐘之久，在那兩分鐘之中，白素幾乎窒息。

然後，張將軍坐了下來：「好了，那張地圖，你必須交出來。」

「我已經還給人家了。」

「你以為我會相信麼？」

「信不信只好由你們。」白素忽然笑了起來：「你們要地圖，是不是想在神宮中去找那金球？如果是的話，那麼我曾研究過那張地圖，研究了很長的時間。」

張將軍望着白素好一會，才道：「你的意思是，你記得那張地圖？」

白素道：「可以這樣說，我將那張地圖的一切細節全都講出來，那麼事情便可以和我無關了，是不是？」

張將軍手按在桌子上，他笑了起來：「如果我們對你不夠了解的話，那麼我們一定相信你了。但因為我們對你了解，知道你是不會做這樣出賣朋友的事情的，所以我們立即可以肯定，你將胡亂替我們繪製一張地圖，然後謀脫身！」

白素瞪大了眼睛，不禁無話可說了。

她心中不得不佩服眼前這個將軍是一個極其精明的人。

因為剛才白素那樣說法，她的目的正是想要胡亂畫一張地圖，使他們信以為和那真的地圖一樣，從而將她放走。

然而，她的話才一提出來，她心中想的事，便已被對方知道了。在這樣的情形下，她還有什麼別的話可以說的呢？她只得解嘲地道：「你們若是這樣想法，那就只當我沒有說過這些話好了。」

張將軍站了起來，離開了他的坐位，向前走了幾步，那八個守衛大是緊張，其中四個，立時奔到了張將軍的身邊。

張將軍揮着手，看來他的樣子十分得意，他道：「剛才你說，你可以憑記憶而繪出地圖來，現在，我決定將你帶到神宮去。」

白素陡地叫了起來：「什麼？」

張將軍道：「將你帶到神宮去，在那裏，你必須為我們指出，我們亟需得到的東西是在什麼地方。要不然，你將受到極其可怕的待遇——這種待遇，我講你是不會明白的，必須你親眼看到了，你才會知道，所以你一定會和我們合作。」

白素的面色青白，一聲不出。

她的心中，思潮起伏，亂成了一片，在一片紊亂中，她多少有點覺得滑稽。因為，在這以前，她只當要進入那個地區，到達神宮，幾乎是不可能的事情。她做夢也想不到，她會和那個地區的最高統治者一齊進去，一齊到達神宮！

張將軍的手掌，用力地敲在桌子上：「我們立即啟程。」

四個大漢擁着白素，向門外走去，另外四個大漢保衛着張將軍，跟在後面。一路向外走去，一路只聽得不斷的「敬禮」之聲，出了總領事館的門口，一輛大卡車已停在門口。

大卡車前站着兩個人，一見他們出來，立時拉開了車門。車門很厚，像是保險庫的門。而整輛大卡車，也可以說等於一個保險庫。

車廂中佈置得十分豪華，有四張沙發和空氣調節，張將軍走了進去，坐在一張沙發上，仍然是四個大漢保衛着他。

而另外四個人，則監押着白素，白素上了車廂，也老實不客氣地坐了下來。車門關上，和外界的一切，全都隔絕了。

約莫過了二十分鐘，便聽得傳音器中傳出了聲音：「報告，到機場了。」

張將軍道：「駛進飛機去。」

車子又開始向前駛動，不一會，果然車子傾斜了起來，白素知道，車子一定已駛進一架巨大的運輸機的機艙之中。

白素想不到那輛卡車竟直接駛進了飛機的艙中，在這樣的一個車廂中，她面對着九個敵人，如何反抗？

白素心中不禁苦笑！她實是難以想像，如果自己到了張將軍的統治勢力範圍之內，她將如何去適應那個特異的環境。她雖然沒有在那種特異的環境之中生活過，但是她卻知道，那是什麼樣的一個環境。

白素一想到這裏，忍不住要不顧一切地起來反抗，然而這時候，車廂內卻起了一陣一陣輕微的震動，白素知道，飛機已起飛了。

無可奈何，她索性閉上眼睛，力求鎮定。

飛機飛行了十多小時，在這十多小時中，白素享受着極其豐盛的食物，食物是直接在車廂的食物櫃中取出來的。

然後，在車廂的輕微震盪上，白素知道飛機已着陸。過了不多久，車子又開始開動，開動了不多久，便停了下來。

白素被四個大漢押着，下了車廂。她被推着向前走，走進了一間陳設得十分華麗的房間之中。

兩張寬大的沙發上，已各坐着一個人。坐在左邊那張沙發上的，正是張將軍。右邊沙發上的那個人，是一個普普通通的人，小個子，頭髮已有些花白，看上去有些慈眉善目的感覺。

那矮小的中年人開口了，他道：「將軍，也該讓白小姐單獨休息一下了，明天還要起程呢！」

張將軍站了起來，和那矮小的中年人，一起向外走了出去。

破例的是，張將軍的身邊，除了那矮小的中年人之外，沒有別的衛士，而那矮小的中年人，動作十分緩慢，顯然也不可能起到保衛張將軍的作用。

這是一個絕好的制着張將軍的機會。

那時，張將軍和那中年人，已來到了門口，白素猛地跳了起來，向張將軍撲了過去。

她在撲出去的時候，連下一步的步驟都想好了，她準備一手箍住張將軍的脖子，然後，立即奪過他腰際的手槍，那麼，她就可以控制一切了。

然而，就在她向前撲去之際，眼前突然人影一閃，幾乎是立即地，她的手腕，已被人抓住！

白素也立即知道，她遇上了技擊的大行家，但這時她想反抗，卻已遲了，她匆忙地劈出了一掌，然而這一掌還未曾劈中任何人，她的身子已被一股大力，湧了起來，向外拋跌了出去。

等到她跌倒在地氈上，立時一骨碌翻起身來時，她才看到，那以如此快疾的動作，將她摔倒的，不是別人，竟正是那個小個子。

這時，那小個子和張將軍正並肩而立，望着剛狼狽從地上站起來的白素。

那小個子笑嘻嘻地道：「給你一個教訓，你也是技擊專家，剛才我那一摔，如果用得力道大些，你會有什麼結果？」

白素又是生氣，又是沮喪，一句話也講不出來。

從剛才小個子的身手看來，他分明是一個武術造詣極高的高手。

白素立即道：「你是誰？」

那中年人笑了起來：「你當然不記得我了，但是有一年過年，我卻還見過你的，那時你只四五歲，穿著一件小紅襖，可愛得很，你的父親說他最喜歡你，當然，這一切，你全都不記得了。」

白素「哦」地一聲：「原來如此，你現在已變成新貴了。」

那小個子搖了搖頭道：「你言重了！我相信你父親一定曾向你們提起過我，我姓錢——」

白素一聽到「我姓錢」三個字，心中陡地一震，那三個字，像具有一股極大的力量一樣。

在她發呆時，小個子和張將軍退了出去。

白素呆呆地站了片刻，又頹然坐了下來。

她坐了下來之後，好一會都沒有動彈。

小個子一講出了「我姓錢」這三個字，白素便已知道他是什麼人了。

她從小就聽得她父親白老大講過，在全中國的各幫各會之中，從來沒有人不服他，敢和他反抗，只除了一個人。那個人本是白老大的助手，姓錢，叫錢萬人，身懷絕技，和白老大不同的是，他不像白老大那樣，有着好幾個博士的頭銜。

在白老大的一生之中，只有錢萬人一個人，敢於和他作對，白老大要運用全副精神去對付他，才能將他趕走，聽說他去從軍了，之後便沒有消息。但是白老大卻還時時記得他。

白老大記得他的原因，是因為錢萬人的中國武術造詣，絕不在他之下。白素知道，不要說剛才錢萬人是出其不意地將她摔出去的，就算是講明了動手，她也不會是對手！

錢萬人在張將軍的手下，那對白素來說，簡直比被加上了手鐐和腳銬更糟糕。

她呆坐了片刻，才在一張長沙發上躺了下來。她甚至不作逃走的打算了，因為對方既然要將她押解到神宮去，豈會放鬆對她的監視？

白素迷迷濛濛地睡了一晚，第二天天還未亮，她又被押上車子，這一次，車廂中只有兩個人，一個是白素，另一個則是錢萬人。

錢萬人老是寒着一張臉，坐在對面，白素說不出來的不自在。

當天晚上，在經過了近十五小時的飛機航程之後，白素覺得車子又在地面上行駛了，路面可能是凹凸不平的山徑，因為車子震得很厲害。

等到車子再停下來的時候，車門打開，錢萬人領着白素走了出去，她向四面看去，只見崇山峻嶺，高不可及，有好幾個山峰上，都積着皚皚的白雪。

那些山峰的雄偉峻嶺，全是白素從來未曾見過的，白素立即知道那是什麼山脈，因為世界上絕不可能有第二座山脈，如同這個山脈那樣地雄偉、壯觀，使人想到宇宙之浩大，而人是多麼的渺小。

大卡車在崎嶇的山路上，再向前去，是一條大卡車開不進的小路。

在小路口子上，停着四輛小型吉普。

三輛小型吉普上，全是武裝的兵士。一看到了那些兵士的制服，白素便涼了半截。

因為她明白，自己已到了什麼地方了。

另一輛空的吉普車，在一個兵士的駕駛之下，倒退了回來，停在白素和錢萬人的旁邊。

白素默默地跨上了車子，才道：「派這許多人來押運我，不是小題大做了麼？」

錢萬人笑道：「這許多人不是來押解你的，這裏不很平靜，你是知道的，到處都是流竄的武裝反叛，我們不得不小心些。」

白素冷笑道：「你倒肯承認這一點，那說明你們的統治，是多麼不得人心。」

白素上了車，錢萬人坐在她的旁邊，兩輛滿載兵士吉普車在前開路，一輛殿后，車子所經過的山路曲折，及陡峭，足足一天，全在趕路。

第二天，要趕的路，甚至連吉普車也不能走了，約有六十名兵士，在兩個軍官的率領之下，和錢萬人、白素兩人，一齊騎着馬，向前馳着。

到了傍晚時分，馬隊在一座極大的寺院之前，停了下來。那座寺院本來一定極其輝煌。但這時在黃昏的斜陽中看來，卻說不出的蒼涼。

那座寺院的一大半全都毀了，可以看得出，是最近才毀在炮火之下的。因為在廢墟上，還未有野草生出來。寺院所留下的，只是一小部分。

在那一小部分的寺院建築上，還可以看出這座寺院原來的建築，是如何地驚人，在斷牆上，可以看到寺院的內牆，有一部分，竟全是塗上金粉的。

在寺院未曾被毀於炮火的那一部分中，也有着駐軍。錢萬人在軍隊中的地位顯然十分高，因為一個少校帶着警衛員迎了出來，一看到錢萬人，便立即敬禮。

那一座寺院，即使是殘餘萬分，也給人十分陰暗神秘的感覺，所有的神像，全都給搬走了，許多神龕都空着。

白素被單獨安排在一間小小的房間中，她所得到的，只是一盤飯菜，一盞小小的菜油燈和一條軍氈。

那間房間，甚至是沒有窗的。由於寺院是在高山上，高山的氣溫十分低，所以也不覺得怎樣。白素考慮，這間房間，可能是僧侶的懺悔室。

白素在地上的羊皮褥子上躺了下來，望着油燈的豆火，心中說不出有什麼感覺來。到了午夜時分，槍聲又響了起來。

這一次，不但有槍聲，而且還有炮聲夾雜着，看來那是反抗者的一次大規模的進攻。

炮聲愈來愈近，每一次炮聲之後，地面都震動着。白素跳到了門前，用力地撼着門，但門是緊鎖着，白素剛待退回來的時候，忽然聽到地上，發出「格」地一聲響。

那一聲響，在槍聲和炮聲之中聽來，十分低微，但是由於那一下聲響來得十分近，幾乎是像白素自己，跌了一件什麼東西在地上一樣，所以令白素突然間吃了一驚。

她連忙低頭，向發出那「格」的一聲響的地方看去，可是卻並看不到什麼。

白素呆了片刻，那「格」地一聲響，又傳了過來。

聲響是從地下傳來的。

白素不知道何以在地下會有聲音傳上來，她連忙跨出了一步，吹熄了油燈。那間不過四公尺見方的小房中，立時變得一片漆黑，到了什麼也看不到的程度。白素又沿牆，向前跨出了幾步，佇立在牆角中。

白素站定之後，屏住了氣息，一動也不動，過了不多久，又聽得「格」地一聲響，令得白素驚異莫名的是，在這一下響之後，地板之上，居然出現了一線光亮。

那真的是一線光亮，才出現的時候，只不過有三呎來長。慢慢地，光線加寬了，寬到了一寸左右。

第四部

改變主意神宮涉險

白素已足可以看清，地上一塊三呎見方的大磚，被慢慢地頂了起來：那是一個暗道的出入口。

接着，一個人的上半身出現了，他一手執着槍，一手執着手電筒。他還未曾發現白素，白素也不出聲。

那人從暗道中出來，轉身，就在那人一轉身的時候，那人看到了她！他陡地一震，手中的手提機槍，立時揚起。

而地道中又有人鑽了上來。

從地道中上來的第二個人，竟是一個僧侶！手中也持着槍，神色十分緊張。

一看到那個僧侶，白素便明白了！

那是反抗者的游擊隊，他們一定是這所寺院原來的主人，所以他們知道有這條暗道。而寺院外面的進攻，吸引了駐軍的注意力，另外一批人，則由暗道進入寺院，裏外夾攻。

白素這時候卻處境尷尬，因為她兩面不討好。她將如何向從地道中鑽上來的反抗者解釋她是同情他們的呢？

白素眼看着一個人一個人，自地道中穿了上來，而等到上到第四個人的時候，那僧侶持着槍，走向前來，竟以十分流利的英語問道：「你是什麼人？你是軍眷，還是軍隊中的工作人員？」

她忙道：「都不是，我是他們的俘虜，是張將軍將我自印度押回來的。」

那僧侶呆了一呆，立時用他們本族的語言講了幾句話。這時候，那小室之中，幾乎已經擠滿了人，大家聽到了那句話之後，起了一陣騷動。

白素又道：「我絕不是你們的敵人，我在印度的時候，見過章摩先生和薩仁先生。」

白素的話，又再引起了一陣騷動，一個年輕人把一柄槍，塞到了她的手中。白素接了過來：「你們裏外夾攻的計劃很好，但是人數少，要大量利用手榴彈。」

那僧侶將白素的話，翻譯了一遍，人叢響起了一陣贊同的低呼聲。那僧侶又道：「我們有手榴彈，每人大約有八枚。」

白素道：「那我們還等什麼？」

她端起了手中的手提機槍，向那扇門，掃出一排子彈，一腳踢了出去，那扇門整個地坍了下來。

在白素身後的兩個年輕人，陡地竄了出去，他們的身手十分矯捷，在地上打着滾，滾出了六七呎，手臂連揮，已拋出了四枚手榴彈。

四下震耳欲聾的巨響過處，牆壁震動，大地顫抖，濃煙迷漫，白素俯着身子，向前衝了出去，許多人跟在她的後面，衝出了那條走廊，只見前面濃煙之中，全是手忙腳亂、倉皇失措的人影。

駐在廟中的駐軍雖然多，但是因為廟外的攻擊十分劇烈，所以都在忙於防守，忙於向廟外還擊，卻未曾料到在這時候，一股勇不可當的健兒，從廟宇的中心，向外攻了出來。

白素掃出了幾排子彈，手榴彈也被紛紛拋出，廟內的手榴彈爆炸聲一起，廟外的攻擊更厲害了，幾下隆然的炮聲過處，廟牆被攻坍了，驚天動地的吶喊聲，自外面傳了過來。

聽那陣陣的喊聲，圍在廟外的，怕不有一千人以上。

而鑽進廟來的雖然只有七八十人，但那七八十人，卻如同插入心臟的一柄尖刀一樣，發揮了最大的戰鬥作用，東衝西突，所向無敵！

廟內的士兵，有一部分中了槍，有一部分被手榴彈炸死，還有一部分被坍下來的牆壓住了動彈不得。更有一部分，正在急急忙忙地進行「光榮撤退」。

白素東奔西突，她想尋找錢萬人，可是錢萬人卻不知道到什麼地方去了。

不到半小時，圍在廟外的人便衝了進來，他們盡可能地撿拾着武器，七八門山炮被拉着向山下拖去，這座已毀壞得不像樣子的廟宇，當然不利固守，勝利了，便立時撤退。

白素跟着人潮，退出了破廟，她的身上，也多了好幾柄槍，在人叢中，她遇到了那個僧侶。

那僧侶向白素豎了豎大拇指：「打得好，你跟我們一齊回營地去，好不？」

白素道：「如果你們歡迎的話，我當然去。」

那僧侶哈哈地笑了起來，用他們的語言將白素的話高聲叫了一遍，圍在他們周圍的人，也都夾雜地大笑了起來，那僧侶笑道：「他們在笑你居然講出了這樣的話來，你是我們最忠實的朋友，怎會不歡迎你？」

白素也笑了起來，她感到在她周圍的那些人，豪爽、粗獷，和他們相處，絕不需要客套。

許多人一齊簇着下山，到了山坡上，便自動排成了五隊，每一隊有兩百多人，一齊以極快的步伐，向山下走去。

不一會，五隊人便穿過了一條峽谷。才一出峽谷，便看到一隊馬隊，成一字排開，在前面相候，兩騎馬策鞭向前奔來。

千餘人突然高叫了起來，他們叫的什麼，白素聽不懂，但是看他們的神情，一定是在高呼勝利，而策騎前來的兩個人，自然是這一群人的首領。

就着微弱的星光，白素向前看去，只見那兩個人，全是三十歲左右的年輕人，他們的面色沉重，衣著粗陋，但卻仍可以看得出他們是十分有教養的人。

白素被一群人簇擁着，來到了那兩個人的面前，那兩人便從馬上下來。那僧侶向那兩個人，講了幾句話。

那兩人一齊轉向白素，其中的一個，以標準的牛津腔英語道：「歡迎，歡迎，我是薩仁的堂兄。你覺得奇怪麼？我是牛津大學法律系的學生。」

白素知道這地方的一些貴族子弟，都十分有教養，所以她並不覺得奇怪。而她一聽得對方是薩仁的堂兄之後，她更感到安心，她忙道：「那好極了，你們和薩仁先生可有聯絡麼？」

那年輕人點頭道：「有的，我們收到薩仁的報告，說你被綁入了使館之中，可能已被他們帶進這個地區來了，我們正在計劃前來救你，想不到這次偷襲，居然一舉兩得，那真值得慶祝。」

白素也感到十分快慰，在暢談中，有人牽過了馬來，給白素騎上。

白素和那兩個年輕人並轡向前馳去，又穿過了好幾道峽谷，經過了一段窮山惡水的山路，然後，跟前豁然開朗，那是一個大山谷。

在東面的峭壁上，有飛瀑濺下，山谷中綠草如茵，溪水潺潺，在幾條小溪邊上，紮着許多帳篷，有許多婦女正在極端簡陋的設備之下作炊。

婦女和兒童一看到大隊人馬，都歡呼着迎了上來，但是人人都以十分奇異的眼光望着白素，那兩個年輕人中的一個，大聲講了幾句話，顯然在介紹白素的身分。

歡呼聲隨之而起，許多女孩子，手拉着手，圍着白素跳起舞來，唱着一種單純的，但是十分動聽的歌曲。一個老翁和一個老婦人，走了過來，將他們雙手捧着的緞帶，掛在白素的頸上。

這時候，天色已然大明，白素心情激動，她想講幾句話，但是卻又不知道講什麼才好，她只是輪流地抱住了圍在她身邊跳舞的女孩子，吻了又吻。

一個十分整潔的帳篷，被準備為白素的休息之所。白素在帳篷中坐下，喝着一種味道酸澀十分難喝的茶，這是那個地方的人待客的厚禮。在這樣艱難的環境之下，他們居然還能用這種慣常的禮節來款待貴賓，使得白素不得不裝出喜歡喝的樣子來，將那一碗實際上極其難喝的茶，吞下肚去。

然後，那兩個年輕人走進帳篷來。

他們——白素已知道他們一個叫格登巴，一個叫松贊，兩人全是牛津大學的學生，是這一股游擊力量的領導人，他們坐了下來，第一句話便道：「白小姐，我們盡可能將你護送到神宮去。」

白素一聽得那句話，便陡地一怔。

她道：「我到神宮去？」

松贊道：「是啊，薩仁的信息這樣說，他還示意要我們兩人中的一個，陪你一起去。」

白素又呆了半晌，才道：「我有一件事不明白，可以問一問？」

格登巴忙道：「你只管說，在我們之間，絕無顧忌，你只管說好了。」

白素想了一想：「照我看來，你們、薩仁以及其他的許多人，都是極其機智、勇敢的人，為什麼你們不到神宮去取你們要取的東西，而要託我這個外人呢，那是為什麼？」

松贊和格登巴兩人的眼中，都露出了坦白誠懇的神色來：「其實很簡單，我們試過，但失敗了，我們犧牲了不少人，都無法進入神宮，所以我們才想到了令尊。」

白素苦笑了一下。

松贊續道：「可是令尊卻不能來，但是我們完全相信令尊的委派，我們相信你會成功的，你一定會成功的，我們深信。」

白素又苦笑了一下：「你們將我估計得太高了，你們會失望。」

松贊和格登巴互望了一眼，才道：「白小姐，如果你真不想去的話，那麼我們將盡可能地安排退路，讓你可以在一條秘密的道路回印度去。」

白素呆了片刻：「在印度的時候，我的確已將這件事情推掉了，如果不是你們這次突擊行動將我救了出來，我不知道會有怎樣的結果，所以——」

白素講到這裏，頓了一頓，才緩緩地道：「所以我改變了主意，我雖然明知成功的希望微乎其微，但是我仍然要去試一試。我想，我一個人前去，還比較好一點，我需要一些東西，你們可能辦得到？」

兩人忙道：「白小姐只管說好了。」

白素道：「第一，我一路前去，需要你們這方面的人的幫助，和得到你們的掩護，有什麼東西，可以使你們的人一見到我，就將我當作自己人？」

松贊想一想：「我們將你要前往神宮的消息傳出去，然後，我把這個戒指給你！」

松贊一面說，一面將手指上一隻十分大的戒指除了下來：「這戒指上，刻着我的家徽，你戴着它，便會得到所有我們族人的幫助，除非他是奸細。」

白素接過了那隻戒指：「我還要兩柄手槍，和充分的子彈。」

兩人道：「那容易。」

白素道：「我還要略為化裝一下，要一匹駿馬，以便我上路。」

松贊卻搖頭道：「關於駿馬，我看不怎麼方便，你如果騎馬的話，那更容易引人注目。」

白素道：「好的，那我放棄騎馬，你們能供給我一張秘密道途的詳細地圖？我想我必須抄小路去接近那個城市。」

松贊道：「那可以的，這裏就有一張地圖，有兩條路可供你選擇。」

他一面說，一面拿出了一個竹筒，從竹筒之中，抽出了一張地圖，攤了開來。

那張地圖上的兩條通道，都畫得十分詳細，是用一條紅線來代表的，沿途什麼地方有對方的軍隊、對方的哨站，以及什麼地方有游擊隊、有廟宇、有村莊，全都註得十分詳盡。

白素看了一遍，道：「我決定走那條近路。」

格登巴點頭道：「是的，我們就設法通知這條路上的自己人，你將要經過，要他們給你協助。」

白素走出了帳篷，松贊和格登巴兩人，跟在後面。

這個山谷中的所有人，顯然都知道白素將為他們去做些什麼事，因為白素才一走出帳篷，所有的聲音都停止了，所有的動作也都停止了。

正在用手抓吃食物的人，也都停了下來，沒有人講話。每一個人的臉上，都流露着極其欽仰的神色。即使在小孩子的眼中，也可以找到那樣的神色。

白素緩緩地在人叢之中穿過，她的腳步十分沉重，她的心情也是一樣，一直到出了那個山谷，她才吁了一口氣，轉過頭來。

松贊和格登巴兩人，仍然在她的身後。

白素向他們望了一眼，才道：「你們放心，我一定盡我所能，完成這件事。」

松贊和格登巴兩人的眼圈，忽然紅了起來。他們可以說全是極其勇敢的鬥士，眼圈發紅和他們是不相稱的。但是他們的確有想哭的神情，而且他們立即轉過了身去：「白小姐，你多保重。」

白素的心中，也興起了一股莫名的豪邁、蒼涼的感覺。在忽然之間，她感到幾千年之前，人們在易水之灘，高歌風蕭蕭兮易水寒，壯士一去兮不復還之際的心情，究竟是怎樣的了。

白素趁着兩人轉過身去的時候，人踏步地向前走去，當她走出了相當遠的時候，好像還聽得松贊和格登巴兩人在背後叫她。

這是山巒起伏、小徑盤錯、極其遼闊的地區，白素一路上小心提防，但是她卻並沒有遇到什麼人。到了黃昏時分，她取出了乾糧，在一條小溪之旁，用溪水送着乾糧，填飽了肚子。

那條小溪在地圖上也有註明，地圖上還說明，沿着小溪向前去，是一道瀑布，而在瀑布的左側，有一片十分平斜的山坡。那個山坡上，有一座廟宇和一個小小的村落。

太陽在她的左邊慢慢地沉了下去，等到太陽隱沒在高山的後面之際，天地之間，仍然充滿了一種十分柔和的橙黃色的光輝。這種光輝，令得遠處積雪皚皚的高峰、近處潺潺的小溪以及山坡上形形色色不知名的花都蒙上了一重十分神秘的色彩，置身其中，恍然在神話世界中一樣。然而那種橙黃色的光輝，卻轉眼之間，就消失了，代之而充塞天地的是昏朦朦的黑夜。

她化裝成一個當地土著婦女，連夜趕路，一路上憑着有枚戒指，十分順利。三天之後，她已看到了那座神宮！

那時白素有六七個婦女護衛着她，當斜陽西下時分，白素看到了那座宏偉無匹建築在山巔之上的神宮。

夕陽照在那座宏偉得難以形容的神宮之上，反射出奇妙的金輝，襯着四周圍積雪皚皚，但是也被晚霞染得通紅的山峰，使得每一個看到它的人，都不由自主屏住了氣息！

這座神宮，不是世界上最高的建築物，但卻是世界上建造在地勢最高的高原上的建築物。它有着悠悠的歷史，在以往的歲月中，它經過不斷地加建、擴建，所以才形成了如今這樣的規模。

這是曠世無儔的一座宮殿，而且這座宮殿，似乎有着一股神奇的力量，使得即使在遠遠瞻仰它的人，心中也升起了一股莫名的神秘之感。

白素呆呆地站了許久，她也未曾覺察到她身邊的那些婦女，什麼時候已離了開去。等到她再向前走去的時候，天色已然一片混沌了，她走出了沒有多遠，便看到一個婦人扶着一個拄着木杖、行動顯然已十分不便的老者，迎面走了過來。

那個老者一到了白素的面前，便道：「你來了，你終於來了，我們所有的人都知道你一定會來的。」

白素一聽，便知道那是接應自己的人，她忙也低聲道：「老太太，城裏是否查得嚴？」

那老者嘆了一口氣：「嚴，嚴到了極點，但我們無論如何會使你安全的，你跟我來，扶着我。」

白素連忙走到那老者的身邊，扶着那老者，向前慢慢地走去，天色更黑暗，進入了這個城市後，白素的第一個感覺便是，這個城市的所有大街小巷中，都彌漫着一股十分難聞的氣味。然後她又發現，幾乎家家戶戶，都是漆黑而沒有燈光的，一股蕭瑟的鬼氣，直逼人的心坎。

白素和那老者，在黑暗的陰影之中，踽踽而行，那兩個中年婦人，跟在後面，他們一直在小巷之中，穿來穿去，過了足有二十分鐘，才算是進了一間屋子。

在屋子內部，那種難聞的氣味，更加刺鼻，白素竭力使自己習慣於這種氣味。

在剛一推門進去的時候，屋子的內部，仍然是漆黑的，但是，當那老者咳嗽了一聲之後，一道門打開，有燈光向外泄來。

白素這才看清，自己雖然進入了屋子，但只不過是站在一個小室之中，要再走進那道門，才是真正屋子的內部，那道門一打開，那老者便領着白素，一齊走了進去。

屋子的內部很小，擠滿了人，足有二十多個。

所有的人，都是圍着一張破舊的圓桌而坐的，人和人擠在一起。白素一走進來，每一個人都站起，向白素望來。

眾人之中，一個五十歲左右的僧侶，高舉雙手，以沉緩深邃的調子，低聲誦念起來。

那僧侶在誦念一些什麼，白素聽不懂，但是白素和屋內這些人，在感情上已然打成了一片，她卻可以在那低緩的聲音中，聽出這些人心中的情緒，聽出大地所發生的苦難的呻吟。

屋內的所有人，都跟着念了起來，人雖然多，但是所發出的聲音，卻仍然是那樣地低沉。過了三分鐘左右，誦念的聲音停止了，在白素身邊的那老者才低聲道：「剛才，我們是在為你祝福。」

白素感動地道：「謝謝各位，我也為各位祝福。」

那老者翻譯了白素的話，那二十多個人才又坐了下來。那老者道：「我們等了許久，我們每晚都在這裏，等候你到來，我們終於等到了。」

白素吸了一口氣：「事不宜遲，我還是快點進入神宮的好。」

那老者肅然起敬：「通往神宮的道路，都遭到嚴密的封鎖，這裏的人，準備分成三批，我們會造成小小的騷亂，吸引霸佔神宮的士兵的注意力時，你就爬懸崖上去。」

白素吃了一驚：「爬懸崖上去？神宮在那麼高的山頭上，我爬得上去麼？」

那老者沉聲道：「這是唯一的辦法了，我在年輕的時候，曾爬過神宮的峭壁，從下面攀到神宮的底層，大約要一天的時間。」

白素忙道：「那樣說來，我到明天天明，仍然未能到達？」

那老者沉默了半晌，白素焦急地望着他，那老者的回答卻是出人意表的，他道：「白小姐，我們已經誠心誠意地為你祝福過了。」

白素聽了那老者的話，不禁大為愕然。

她明白，那老者的意思是：她必須設法在天亮之前，進入神宮內部，如果不能在天亮之前進入神宮的話，那就只有靠菩薩保祐了。

那老者道：「白小姐，我們要出發了。」

白素毅然道：「好，出發吧。」

那老者向屋中的那些人揮了揮手，低聲囑咐了幾句，那些人分成三批，向外走了出去。白素跟在那老者的後面，也向外走去。

白素和那老者兩人，盡量利用街角的陰影，遮蔽着身子，向前迅速地移動着，等到他們兩人，走出了三四里之後，便伏了下來不動。突然之間，白素覺出自己來到了一個巨大的陰影之中，她呆了一呆，抬頭向上看去。

只見自己已到了一座極其陡峭的峭壁之下，在那峭壁之上，則是一座高大宏偉到了難以形容的建築物，這時，正像一頭碩大無朋的怪獸一樣，蹲在山頭。

整座建築物中，幾乎一點光亮也沒有。

白素看了片刻，才低下頭來，道：「我們——」

然而她一句話未講完，便已住了口。因為她發覺老者不知在什麼時候，倒在地上，白素連忙俯身下去察看。

那老者蒼白的臉色，十分刺目，白素托起了他的頭來，那老者睜着眼，口角流着白沫，他最後一分氣力，也已經在剛才奔跑之中用盡，他只是顫抖着，伸手向上，指了一指，便呼出了他最後一口氣。

白素將他的身子，慢慢放在地上，她沒有多花時間去處理那老者的屍體。

她迅速地奔向峭壁，然後，開始向上攀去，她準備好的爬山工具十分特殊，那是兩隻尖鋭的鋼爪，鋼爪可以插進任何石縫中和抓住手指不能抓住的石塊。

她的身子迅速地向上攀登着，她以為自己向上攀登的速度已十分快疾，但是，向上望去，卻仍是路遠迢迢。

她的雙臂，漸漸地感到了酸麻，但是她仍然堅持着，一點也不休息，一直到她攀到了一塊凸出有五六呎的大石之上，她才坐了下來，喘了一口氣。

她翻過手，看腕上的表，已經淩晨四時了。直到這時，她才覺出自己遍體是汗，給清晨的晨風一吹，冷得一連打了幾個寒戰。

她抬頭向上看去，要在天亮之前，攀到峭壁之上，進入神宮看來並不是不可能的事。

這給予白素十分振奮的鼓勵，她只休息了五分鐘，便繼續向上攀去，當東方漸漸有曙光出現、遠處積雪的山峰有奇妙的柔和銀光冒出來之際，白素已經成功地攀上了峭壁。

神宮的外牆，離開攀壁的邊緣，只不過三四呎。白素向前跨出了一步，背貼着神宮的後牆而立。然後她又用最快的速度，攀到了最低的一個窗口之旁。

窗子上橫着鐵枝，白素雙手緊緊地握住了鐵枝，用力地向外拉着。鐵枝被她拉得漸漸地動搖。

她咬着牙，猛地向外拉，「啪」地一聲，一根鐵枝離開了石塊。

她立時在鐵枝被拉開的地方，閃身進去。

那石牆十分之厚，白素穿進了鐵枝之後，在厚厚的牆上滾了一滾，滾下了牆陡地跌了下去，她根本不知道自己攀進來的是什麼地方，裏面是漆黑一片。

她只是根據常理來推測，猜想窗子離地面，大概不會超過八呎的。

可是，當她的身子向下直落了下去之際，卻是筆直地落下去的。

當她下降的速度加快之際，白素心中暗叫了一聲不妙，她連忙縮起了身子。

因為她估計不正確了，從窗口到地面，已至少有二十呎左右，從那麼高的地落下來，如果不是善於控制肌肉的話，那非受傷不可。

白素的身子縮成了一團，她的肩部便首先碰到了堅硬的岩石。白素連忙向側滾，就着那一滾，卸去了向下跌來的力道，一躍而起。

雖然她滾得十分巧妙，但是她跌下來的地方實在太高了，未曾跌斷骨頭那已是極不容易的事情，她的肩頭首先着地處，仍不免極其疼痛。

她假定自己所在的地方是一個地窖，那麼她必須走出這個地窖再説。

她向前走着，藉着一個小小的電筒照明，電筒的光芒所及之處，她看到的只是灰黑色、潮濕的大石。有時，電筒光芒會得到一大堆圓形的亮灰色小點的反射。那是一大群大得異乎尋常的老鼠的眼睛。

她一直向前走出了十來碼，才找到了一扇石門。那扇石門有一根很粗的鐵柱門着，鐵柱早已生鏽了的。

白素來到了門前，用力地拔着那根鐵柱。手上和身上全沾滿了鐵鏽，才將鐵柱拉開。

她推開了門，閃身而進，背靠着門而立。她等了片刻，才又打亮了小電筒。

電筒的光芒擴散開去，可以使她看清，那也是一個純由巨大石塊砌成的巨窖，大得似乎無邊無涯，小電筒微弱的光芒，根本不能探出究竟來。

和她剛才一進來的地窖不同的是，這個窖中，有着許多箱子和簍子，都十分大型。

那些大箱子，大簍和大罐中放的是什麼，白素當然不想知道，她猜那是神宮中的物資，說不定有幾百年來未有人動過了，因為地窖之中，充滿了陰濕的黴味。

白素的身子向前移動着，她爬上了一叢大箱子，在箱頂上伏了下來，仔細傾聽着，包圍她的是潮濕和黑暗以及細微的咬嚙聲。

那種咬嚙聲，不斷地繼續着，當然是巨大的老鼠所發出來的，那種聲音給白素的感覺，就像是有什麼在咬她的神經一樣。

她等了許久，除了老鼠所發出的聲音之外，卻再也未曾聽到別的聲音。

白素知道自己至少暫時是安全的了，她從箱子上爬下來，向前走着，她必須小心使用電筒，不使電筒中的電源斷絕，所以她大部分時間是在黑暗之中摸索前進的。

她是在一座古老悠久而神秘出名的神宮的底層，像幽靈一樣地漫遊着，這使得她的心頭生出了一股極其神異譎奇的感覺。

她走了近十分鐘，才算看到了一堵石壁，而沿着那堵石壁，走出了四十多碼，才又看到了另一扇門。

這時，她比較有時間去選擇，她先將耳朵貼在門上，向外傾聽着。她聽不到什麼聲音，可知從這扇門中通出去是安全的。

她想了片刻，才輕輕地推着那扇門，然後，又以一根細而硬的鐵枝，自門縫中穿出去撬着。終於，她弄開了那扇門。

第五部

暗道迷蹤神秘莫測

她推門而出，眼前仍是一片黑暗。

當她按亮了電筒之後，她不禁吸了一口氣，在她面前，仍是一大間地窖。然而，地窖中卻放滿了佛像。那些佛像，只是隨便地放着，有幾座甚至斜倒在地上或蓮座之上。

佛像有石的、銅的、木的種種，大小不一，但是毫無例外的，則是幾乎所有的石像上，都鑲嵌着各種各樣的寶石。

電筒的光芒，十分微弱，但是在一團昏黃色的光芒之中，反射出來的各種寶光，卻令人目為之眩，白素立時熄了電筒，但是她的眼前，仍是充滿了各種顏色的異彩。

白素呆了半晌，才慢慢地穿過那許多價值連城的佛像，向前走去。

不多久，她便發現了一道鐵梯，那道鐵梯通向上面，白素抬頭向上望去，看到鐵梯的盡頭處，似乎有一塊石板可以頂起來，使人離開地窖。

白素迅速地爬上了鐵梯，到了鐵梯的盡頭處，又側耳細聽了片刻。

她聽不到有什麼聲音，是以她便開始用手去托那塊看來可以移動的石板。

白素用了相當大的力氣，那塊石板才略被她頂得起了寸許。

石板才一被頂起，立時一道光亮，直射了下來。

那道光亮，猶如是一道突然其來的閃電一樣，嚇得白素陡地吃了一驚，一鬆手，石板又落了下來。石板一落下來，她的眼前，重又成了一片黑暗，白素心頭怦怦亂跳，因為她絕未曾想到，從這裏出去，會是曠地。

她以為身在地窖，如果出去的話，一定是神宮的底層，是以那突然其來的陽光，使得她大大地吃了一驚。

她定下了神來，再度將那塊石板慢慢地頂起。

石板被頂起三寸左右後，便向外張望，她的眼睛要好一會才能適應外面的光線，首先看到一堵石砌的高牆。在牆腳下，滿是兩三呎長的野草，沿着牆有一排石壇，壇上全是石刻的佛像。

外面很靜，似乎沒有什麼人，白素將石板頂得更高一些。

等到她肯定外面沒有人的時候，她用力將石板托高，身子打橫躍了出來，放下了石板，一躍向前，躍上了石壇，在一座佛像和石壇之前，躲了起來。

這時，她才看清，自己冒出來的地方，是一個天井。這天井的四面，全是高牆，只有一條小巷，可以通向別處。在神宮之中為什麼會有這樣的一個天井，白素不明白，但她知道已經正式地進入神宮了。

到了那小巷的口子上，向前走去。小巷的盡頭，是一道木門。白素輕輕一推，那道木門便發出「吱」地一聲響，被她推了開來。神宮內十分寂靜，那「吱」地一聲，已足以令得她緊張，她身形一閃，閃進了門。

門內十分陰暗，她要過上半分鐘，才能夠看清目前的情形。那顯然是一個廟堂，許多座佛像，端莊地坐在佛龕之中。

而這些佛像也顯然許久沒有人去照料它們了，因為它們的身上，全是積塵。但儘管佛像上滿是塵埃，鑲嵌在佛像上的各種寶石，仍然閃耀着神秘而奇異的光芒。

白素貼着一尊又一尊的佛像，慢慢地向前走着，出奇的沉靜，使得氣氛更加神秘。

她穿過了那座廟堂，到了另一扇門前，她側耳聽了一聽，門外有腳步聲傳來。

白素不敢再向前走去，她在這個廟堂之中，找了一個隱蔽的地方，躺了下來，嚼了幾口乾糧。

她的確需要休息一下，因此她在躺下來之後不久，就進入了半睡眠狀態。

她是被一陣腳步聲驚醒的。

她坐起身向外望去，只見一小隊士兵正穿過廟堂，向前走去。白素從士兵的手中全拿着電筒這一點上來推測，因為天色已經黑了。

一等那一小隊士兵穿過了廟堂，白素立即自佛像之後跳出來，向前奔去，奔進了另一扇門，外面也是一座廟堂，一間廟堂接着一間廟堂，白素真不知道自己怎樣才能找到樓梯，怎樣才能到達七樓。

她奔出了幾步，又聽到前面有腳步聲傳了過來，白素連忙將身子隱在陰暗的地方，她聽到一個人在大聲呼叫，正是錢萬人的聲音。

錢萬人在大肆咆哮：「一定是她，她一定已混進來了，你們搜了一夜，也未曾搜到，已經盡了力麼？」

另一個聲音老大不願意道：「當然盡全力了，可是你應該知道，神宮中有上萬間房間，還有無數不知的暗道，哪能這麼容易找到。」

錢萬人繼續咆哮：「可是你們有兩師人！」

對方顯然也不耐煩了：「不錯，我們有兩師人。」

錢萬人叱道：「那是恥辱，兩師人都捉不住一個反動分子，那是恥辱。」

這時，白素也可以看到那兩個人了，錢萬人走在前面，在他後面跟着一個將官，穿著少將的制服。

錢萬人又道：「應該展開更大規模的搜索，每一層，以一營人為單位。」

少將轉身走開，錢萬人卻仍然停在廟堂之中，他來回踱了幾步，一腳踢開了一尊佛像，在佛座上坐了下來。他背對着白素，離開白素只不過六七呎。

白素在剎那之間，感到了那是一個極好的機會。

她可以根本不必偷偷摸摸地尋找登上七樓的道路，她只要挾持錢萬人，將她帶到七樓去。

當白素一想到這一點的時候，她的心情又頓時緊張了起來，她考慮了一下，考慮是不是可以行得通。如果她不採取這個辦法的話，她又有什麼辦法可以登上七樓？

白素考慮的結果是：立即行動！

她在這樣想時，由於心情緊張，氣息不禁粗了些，錢萬人身形一挺，似有所覺，這時，忽然又有腳步聲傳了過來，白素身子一縮，縮到了佛像之後，一小隊士兵，快步地走了過來。

那一隊正在向前走來的士兵，看到錢萬人，一齊停了下來，錢萬人劈手奪過了班長手中的衝鋒槍，向着白素藏身的佛像，掃出了一排又一排的子彈。

子彈在廟堂之中呼嘯着，發出驚心動魄的聲響，那一尊大佛像，在剎那之間，便變成了蜂巢，終於，發出了轟地一下巨響，倒了下來。

佛像一倒，錢萬人身子俯伏着，一面不斷掃射，一面喝道：「亮着電筒！」

每一個在神宮中巡邏的士兵，身邊都帶有強力的手電筒的。錢萬人的命令一下，十幾支手電筒一齊亮了起來，向前射去。

手電筒的光芒照耀之下，在那尊倒下來的佛像之後，並沒有人影。

錢萬人呆了一呆，他感覺極其敏銳，可以肯定剛才背後有人，甚至可以肯定那就是他要找的白素，所以他又命令：「散開來，搜索，召集更多的人來，圍住這個廟堂。敵人是持有武器的，行動要小心。」

那班士兵奔了出去，不到十分鐘，至少有一百多人，湧了進來，每一尊佛像全都被推倒，刺刀在每一個窟窿中刺着，有些窟窿根本是躲不進一個人去的，但是搜索的兵士，卻仍然不肯放過。

錢萬人只當自己一排子彈掃出，白素便必然難以倖免。如果說白素能夠躲過他的掃射，那已是不容易的事情了。

可是如今，白素卻不但躲過了他的掃射，而且竟突如其來地失蹤了。

錢萬人實是難以想像白素究竟到什麼地方去，因為前半分鐘，白素還是在他身後的。

而在這半分鐘之內，他至少掃出了百餘發子彈，白素能夠利用這半分鐘時間，做些什麼呢？

她怎麼能夠逃得出去呢？如果她不是逃走了，她又是到什麼地方去了呢？當一百多個士兵搜索了十五分鐘而沒有結果之後，錢萬人便知道，白素一定是在一條什麼暗道中逃走了，但是暗道在什麼地方呢？

錢萬人來到了那尊佛像之後，和幾個軍官仔細地搜索着，可是他們卻找不到暗道的所在地。

白素像是完全消失在空氣中一樣。

錢萬人知道，白素還是在神宮之中，但是她在神宮的什麼地方？卻不得而知！

白素究竟是到什麼地方呢？

恰如錢萬人所料，白素進入了一條暗道之中。

而白素之所以能進入那條暗道，也是十分偶然的一個機會，要不然，她一定束手就擒了。

當她一閃身，閃到了佛像後面的時候，用力向佛像一推。她本來是想將那座大佛像推倒，造成一場混亂，然後趁機離去的。

但是，她雙手用力一推之下，卻推開了一扇暗門，那佛像，竟是空心的！白素連忙跨身而進，那時候，驚心動魄的槍聲已然響起來了。

白素一進入佛像的內部，身子立即向下跌了下去，一連跌進了幾塊翻板，她猜想自己是穿過了佛像的底部，又穿過了佛座，直向下跌去。

白素所不知道的是，暗道的製作精巧，在人一跌下去之後，原來是活動的翻板，立時便不能再動，所以錢萬人無法找到暗道的入口。

白素直向下跌着，她雙手亂抓，想抓到一點東西，但是卻又抓不到。她的眼前一片漆黑，她只得像才跌進神宮那時一樣，蜷屈着身子，盡量放鬆肌肉，等到碰到實地的時候，不致於傷得太重。

然而，出乎她意料之外的是，當她終於跌下去、碰到了東西之際，碰到的卻不是堅硬的岩石，而是柔軟的墊子。白素的肩頭先碰到墊子，她的身子甚至向上彈了起來。

白素心中大喜，身子一挺，立時站直。

可是，她的身子才一站直，左側「呼」地一聲，生出了一股勁風，像是有人撲了過來。

這比跌下來的時候，下面竟是有着柔軟的墊子，更加使白素驚愕！而這時候，眼前一片漆黑，根本看不清向她撲來的是什麼人。她的身子突然一側，順手一帶，將那個撲向她的人，帶得滾過一邊。

也在這時候，她敏銳的感覺又告訴她，在她身子的四面八方，都有人向她撲了過來，向她作大包圍。白素立即將身子向旁閃去，才一閃，她的右腿，便突然被人抱住。白素連忙揚起腿來，向上猛地一抖，她希望藉着這一抖之力，將抱住自己右腿的人，抖了出去。

可是，那人抱得十分緊，白素揚腿踢出，並未曾將他拋出。

相反地，由於她的右腿被人緊緊地抱住，重心不穩，人已陡地倒下，剛一倒下，便有人將她的頭部壓住。白素雖然竭力掙扎着，但是對方的人實在太多了，她終於被雙手緊緊地反縛了起來。

然後，又有一條濕漉漉的毛巾，塞進了她的口中，令她作聲不得。

她被幾個人抬着，向前走去，曲曲折折地向前走了許久，才停了下來。一路上一直沒有人講話，也沒有人着燈，而那些人的行動，又一點聲音都沒有，使得白素有自己已落在一群幽靈手中的感覺。

好不容易等到停了下來，才聽得「察」地一聲響，眼前亮了一亮，一盞小油燈被點上了。

那盞小油燈的光芒，實在是微弱得可憐，可是在漆也似黑的環境中，也足夠使人看清周圍的情形了。

白素首先看到的，是一張又一張，滿是皺紋，皮膚粗糙，但是卻又神情堅定的臉，約莫有三五十人之多。坐在放在一塊大石上的油燈之旁的，則是一個五十多歲左右的中年人，他的身上，披着一塊老羊皮，露出了一隻手臂，那條手臂上，滿是隆起的盤虬的肌肉。

他望着白素，所有人都望着白素。

每一個人的臉上，都出現了十分驚訝的神色來。有兩個人，低聲地叫了一句。

他們叫的是什麼話，白素聽不懂，但是白素卻可以知道，那是由於他們絕未料到自己的俘虜是女子而發的。那個中年人顯然是這群人的首領，他站了起來，來到了白素面前，拿掉她口中的濕巾，面上的神情，極之難以形容，他搖着頭，道：「菩薩啊，你不會是……不會是白小姐吧？」

白素聽得對方稱她為「白小姐」，連連點頭：「是的，我是。」

那中年人一面頓足，一面連聲道：「該死！該死！」他轉過頭去，不斷地罵着幾個人，那幾個人的臉上，現出十分惶恐的神色，低着頭一聲不出。

白素忙道：「你也不必怪他們了，當時的環境那樣黑暗，他們怎知道我是誰？」

那人仍是滿面怒容：「若不是現在正需要用人的時候，我要斬下他們的雙手，他們竟敢這樣子對付我們的恩人。」

白素吃了一驚，搖手不迭：「千萬不要那樣，我也算不上是你們的恩人，他們也沒有犯了什麼錯。」

那中年人一面說，一面解開了白素手腳上的牛筋，那幾個人則輪流過來，俯伏在白素的前面，倒令白素不知怎樣才好。

鬧了半晌，白素才有機會講話，她問道：「你們是怎麼能夠在這裏存身的？」

那中年人道：「我們一直在這裏存身，我們本來管理神宮的暗道，敵人來了，我們就躲在暗道之中。我們和外面有聯絡，前兩天，我們接到信鴿的消息，詳細地介紹了你，可是我們無法和你聯絡，卻不料……」

白素連忙搖手道：「別再說它了，我問你，在暗道之中，可能通到樓上去麼？」

那中年人道：「懂得暗道的人，可以四通八達，而不懂的人，則往往會在暗道中走不出去，而餓死在暗道之內，白小姐，講出來你或者不信，我們的工作，就是收拾暗道中不時發現的死屍，甚至骸骨。」

白素心中感到了一股寒意，她忙道：「難道神宮中的僧侶也會不明暗道？」

那中年人有點驕傲地道：「當然，得靠我們來帶路，我們的神聖職務是世襲的，我們的孩子，當開始能行走的時候，我們便讓他在暗道中行走，所以，我們不需要任何燈光，都可以在暗道來往。」

白素聽了之後，更是暗暗稱奇，心想這一批人，不但是世界上最奇怪的游擊隊，他們還毫無疑問地有着世界上最奇怪的職業。

她喜道：「那麼，你們一定知道金球在什麼地方的了？是不是？」

那中年人卻嚴肅地搖頭道：「不，我們絕不知道暗道中的一切東西，我們連碰都不去碰那些東西的。」

白素心中明白，在神宮的暗道之中，不知藏着多少價值連城的寶物，這些人一定都是百分之一百的忠誠者，所以才會獲選擔任這樣的要職。

白素道：「那麼，請你帶我到七樓去，我受了委託前來取一件東西。」

那中年人向白素行了一個禮：「是，我親自領你前去。」

白素又忍不住心中的好奇，問道：「神宮中的軍隊，難道沒有發現暗道？」

那中年人道：「當然有，可是他們在漆黑的暗道中轉來轉去，仍然不能出去，大多數人被我們解決了，除非他們將整座神宮炸毀，否則，他們永遠統治不到神宮中的暗道。」

白素到這時候，才完全放心，她又道：「那麼，一定有一條暗道，可以通出神宮之外的了？」

那中年人聽了，面上不禁現出猶豫的神色來，支支吾吾，並不回答。

白素呆了一呆，又問道：「我取得了東西之後，必須立即由暗道離去，可有這樣的一條暗道？」

那中年人又支吾了半晌，終於道：「有是有的，可是……可是……」

白素不耐煩道：「可是怎樣，你不防直說。」

那中年人嘆了一口氣：「可是那卻是我們處理死人的一條通道，當我們發現了死人或是骸骨，便是由那裏拋下去的。」

白素聽了，不禁倒抽了一口冷氣，好半晌都說不出一句話來。

好一會，她才繼續道：「那條暗道，是通去什麼地方的？」

那中年人道：「是通到一個山洞中去的，從那個山洞，可以沿着一條極窄的隧道爬出去，出去之後，是市郊的一處荒野。」

白素點了點頭，道：「好的，等我取到了東西之後，你再帶我從那條路出去。」

那中年人用一種十分恭敬的態度道：「是……」

白素道：「好，我們該到七樓去了。」

那中年人又道：「請你跟我來。」

他一面説，一面已向前走了出去，在轉了一個彎之後，眼前完全是一片漆黑。那中年人將一條帶子，交在白素的手中，以便白素可以跟着他走。

在她前面的那個中年人，像是長着夜眼，走得十分迅速，轉彎抹角，過了好一會，才聽得他道：「我們要從一道鐵梯向上爬，白小姐小心。」

白素答應了一聲，她一手仍抓着那條帶子，因為這時如果不是那個中年人在帶着路，她當真不知在這無邊的黑暗之中，如何才好。

向上攀了兩丈多，便又開始在暗道上行走。大約每攀上一次之後，一定要在暗道中走上近十分鐘，才繼續向上攀去。

終於，那中年人道：「白小姐，我們現在是在七樓的暗道中了。」

白素忙道：「我看過七樓暗道的地圖，那是以一尊大神像作入口處的，是不是？」

那中年人道：「不錯，那是一丈八尺高的聖母菩薩像，我先帶你到那地方去，然後你再指點我，要到什麼地方去取東西。」

他們又向前走去，轉了幾個彎，那中年人道：「到了。」

白素的記憶力不算壞，而她在法國的時候，又曾有半個月的時間去研究那張地圖，是以她對於七樓的暗道十分熟悉，也記得那「金球」放在什麼地方。是以，她隨即道：「我們背對着入口處，應該向左，一直向左轉，轉上七次，然後有一條斜道，是微微向上通去的。」

那中年人道：「不錯。」

白素又道：「然後是向右轉，轉上……九次，又由一條斜通道向下，便會到一間小暗室之前，我要取的金球，便是在那小暗室之中。」

那中年人道：「你所說的暗道途徑是對的，但是否有小暗室，我們卻不知道，因為這不是我們責任範圍之內的事情。」

白素道：「請你帶我去，我很想早一點將事情辦完，可以離開這裏。」

那中年人又繼續向前走去，這次，雖然在黑暗之中，但是白素仍然可以覺出他所走的途徑，正是剛才自己所說的途徑。她因為對這個路徑比較熟悉，所以走起來要快得多。

二十分鐘後，當他們在一個三十度的斜面之上滑下之後，那中年人便道：「白小姐，你需要照明麼？」

白素忙道：「當然需要，不然我怎麼看得見？」

第六部

功成身退金球百變

那中年人道：「你需要照明的話，請你允許我暫時離開去，我不能看地道中的藏物。」

白素道：「既然規矩那樣，你避開去好了。」

白素等了片刻，才按亮了小電筒。小電筒的光芒並不亮，但這時已使得白素有身處白天之感了。首先令她感到驚訝的是，暗道之中，十分之乾淨。

而且，暗道不是像地窖那樣，是由大石塊砌成，而是由一小條一小條的木塊，拼湊起來的，有的地方，小木條還拼出許多凸出來的花紋。

那些木塊，由於年代久遠的關係，都已經呈醉紅色。但是，卻絕沒有腐蛀的現象。

就在白素的面前，暗道凸出了一角來，有一個獅形的金鈕，連着一個鑲滿了寶石的金環。白素抓住了那個金環，拉了一下。

「格」地一聲，一塊三呎見方的木門被拉了開來。

白素在向前一看間，又忍不住深深地吸了一口氣。

白素絕不是貪婪成性的人，但是她在文明社會中長大，知道金錢財富的價值，在見到了驚人的財富之後，引起令人產生暫時窒息的感覺，乃是正常的事情。

這時，當她拉開了那三呎見方的空間，那空間分成九格，每一格是一立方呎左右。

由於分成九格，是以呈井字形。

白素一看到這九格空間，便想起地圖上的一個小小的「井」字，和在那「井」字中間的一個小金點，那表示她要來取的金球，是在那九格空間的當中一格。

可是，這時，白素向當中那一格看去，那一格卻空無一物。

（讀者諸君如果不善忘的話，當可記得白素在對我叙述她的經歷之際，我發現有一個破綻，就是這個破綻，使我和她再入神宮，又經歷了一場意想不到的經歷，這個破綻，便是那九格的正中一格，並沒有金球。）

白素呆了一呆，但是她隨即為其他八格中的東西所吸引，那八格中的東西，可以說，除了可以在這裏的神宮中見到之外，其他任何地方都見不到，就是這幾立方呎空間中的東西，便可以使土耳其托卡博皇宮相形失色，可以使最有經驗的珠寶商人嘆為觀止。

不必多費筆墨去形容那些稀世奇珍了，總之白素呆了約有一分鐘之久。

然後，她才又想到，她要取的那個金球，並不在這九格的當中一格。

白素定了定神，仔細觀看，她發現後面的木板，可以移動，當她伸手推開那塊木板之際，她小電筒隨之向後照去。

她看到了一條圓形的管道。

那管道像是什麼蟲蛀出來的一樣，但是直徑卻有十寸左右，當小電筒的光芒直射過去之際，她看到了一股異樣的金光。

本來，白素已然失望，但當她看到了那一股異樣的金光之際，她的心中陡然為之一喜。她盡量將身子俯向前去，伸手入那個管道之中，幸運得很，她的手指可以碰到那發出金光的圓形物體。而且，還可以將那圓形物體慢慢地勾了出來。

當白素將那個圓的金球，從那管道之中勾出來的時候，她的心中那種感覺是突如其來的，她忽然感到：這兩呎左右的管道，像是這隻金球蛀蝕出來的一樣，因為大小剛好吻合。而且，管道的不規則形狀，看來也正是像被什麼東西蛀出來的一樣。

但是，白素卻立即放棄了這個想法，因為這究竟是十分無稽的，一隻金球，就算傳說是天外飛來的，也不應該有蛀蝕木格和岩石牆頭的力量。

一寸一寸地移動，還得小心那金球滑下去，因為金球的表面，十分平滑。白素足足花了十多分鐘，才算將那隻金球取了出來。

她將那隻金球捧在手中，那金球的直徑，大約是一呎，白素剛一將之托在手上之隙，還不覺得怎樣，可是她突然之際，想起以黃金的重量而言，這樣大小的一隻金球，至少在一千斤以上，自己是絕對沒有這個氣力可以捧着它動的。

可是，如今這隻金球，捧在手上，卻只不過五六磅重，可以說十分輕巧，就算金球是空心的話，份量也不應該如是之輕。

唯一的可能是，那並不是金子的，而是另外一種顏色和黃金一模一樣的輕金屬。

白素也沒有再去細想為什麼金球會不在木格之中，而是在木格後面的管道內，她用一件上衣，將金球包好，退後了一步。

她再次凝視其餘八個一立方英呎空間中的各種寶物，讓這些價值連城的寶物，埋沒在這裏，實在是極其可惜的，只消帶出極小部分去，就可以替許多人，做許多好事情了。

當白素一想到這一點的時候，她已幾乎要伸手將一柄八寸多長、半寸厚、兩寸寬的翡翠尺拿起來了，那是一塊真正的透水綠翡翠，國際上對翡翠的需要日益增加，而翡翠的產量卻日益減少之際，這樣大的一塊上好翡翠，它的價值無可估計，它至少可以抵得上一座設備完善的醫院。

然而，當白素的手指，一觸及那塊翡翠之際，她卻立即縮回手來，她來這裏，只是受託來取那隻金球的，如果她再取了別的東西，那不論她將之用在什麼地方，都不應該。

所以，當她縮回手來之後，她立即將木門關上，使自己的情緒變得平靜了些，才低聲道：「我已取到了我要取的東西，你在哪裏？」

她立時聽到了那中年人的聲音：「我來了。」

接着，她聽到了輕微的腳步聲，那腳步聲不會比一頭老鼠跑過的時候聲響再大一些，然後，那中年人又將那根帶子，塞到了她的手中：「白小姐，你取到的東西可重？要我代你拿一陣麼？」

白素搖頭道：「不重，我拿得動，那是一隻金球，據説，是天外飛來的。」

那中年人立時發出了「啊」地一聲，在他那一下讚歎聲中，充滿了欣羨、欽服、仰慕之情，接着，他便喃喃地道：「金球，天外金球，我……白小姐，我有一個請求，你肯答應麼？」

白素道：「你説，只要我可以做得到，我當然是不會拒絕你的。」

那中年人緩緩地説着，他講得如此緩慢，顯然是故意的，那是為了要抑壓他心頭的激動，他道：「神宮被敵人佔領了，我們幾十個人，在暗道中，仍堅持和敵人鬥爭。白小姐，你可知道這天外金球對我們的意義麼？」

白素道：「我不怎麼清楚，但是我知道那是你們信仰的一個象徵。」

那中年人道：「可以那麼說，但是那卻不是象徵，而是實實在在的事情。當一個有修養的僧侶，對着金球靜坐的時候，他的精神世界，便會擴展到極度遙遠、不可思及的地方去。他會在金球中得到世上所得不到的啟示，這種啟示，我們已承受了幾百年，使我們的族人興旺、和平、安全！如今，我們雖然沒有這種修養可以在金球之中得到啟示，但是給我們看一看，拜一拜這天外飛來的神奇的金球，卻也可以增加我們的力量。」

白素耐着性子聽完，她對於「金球能對一個有修養的高僧發出啟示」一事，一笑置之。

但是，她卻也知道，那金球既然是他們這一族人膜拜的象徵，那麼，如果給他們看上一看的話，的確是可以鼓舞他們鬥爭的勇氣。

所以，白素幾乎沒有考慮，便道：「可以，那當然是可以的。」

那中年人高興得低聲歡呼了一下：「那我們就下去，就去給大家看看這神奇的金球。」

他急急地向前走去，白素也快步地跟在後面。可是曲折的地道卻是有一定的規律的，絕不能走入岔道，該繞七個彎兒的，繞六個彎也不行，心急也急不出來。

又過了好久，他們才回到原來的地方，當那個中年人講了幾句話之後，一盞小油燈又被點亮。白素取出了那隻金球來，放在那塊平整的岩石之上。在白素看來，那金球只不過是一個黃金色澤的球形物而已。但是那幾十個面上滿是憂患的痕迹的漢子，一看見這個金球，卻完全變成了另一個人。

他們的臉上，現出了難以形容的神色來，着了邪似地望着那隻金球。然後，他們膜拜着，口中念念有詞，白素當然聽不懂他們在念些什麼。

好一會，他們才站了起來，每一個人都像是吃了興奮劑一樣，精神奕奕。那中年人絕不敢伸手去觸及金球，他將包住金球的衣服，輕輕蓋了上去。然後，白素拿起了金球：「請你引我出去，我要離開這裏了。」

那中年人轉頭吩咐了幾句，有幾個壯漢離了開去，不一會，便提了兩大盤極粗的繩索來。其中有一個壯漢，卻是拿着一股手指粗細、兩呎來長的一根香。

那根香漆也似黑，看來像是一根木棒一樣。

那中年人道：「白小姐，那暗道是斜通向山腳下去的，我們必須將你用繩子縋下去。」

白素點頭道：「那不成問題。」

那中年人又道：「還有，這條暗道極其污穢和惡臭，你必須點燃這枝香，這香是我們這裏的寶物，它所發出的異樣香味，可以辟除任何惡臭。」

白素接過了那根香來，湊在小油燈上點着，煙篆升起，那根香發出了一股不濃不淡，恰到好處，聞了之後，令人舒服無比的香味。那種香味，使人如同置身於古寺之中，獨自靜讀一樣，有一種近乎靈空的安寧之感。

白素將那金球負在背上，紮了個結實，提着香，又跟着那中年人向前走了出去，轉了幾個彎，便停了下來。這次，還有兩個壯漢隨行，一停下來之後，那兩個壯漢便俯身，用力旋開了一個大石蓋來。

白素向下望去，並不覺得怎樣，只不過是一片漆黑而已。而且，她鼻端只是聞到那股香所發出來的香味，也沒有聞到別的味道。

她心中暗忖，這或許是那中年人過甚其詞了。她一面想，一面俯下身去。

當她俯下身去之際，她的手臂並沒有跟着向下去，所以她的頭部也離開了那股香。

那中年人忙叫道：「白小姐，不可！」

然而，那中年人的警告，卻已經來得遲了，白素一俯身下去，那一股惡臭，已然直衝了上來。

那一股惡臭，像是絕不止從人的鼻孔中鑽進，而是從人全身三萬六千個毛孔之中，一齊湧了進來一樣，令人刹那之間，血液停頓，五臟翻騰，腦脹欲裂，眼前發黑，那一股惡臭，又像是一股極有力的力道一樣，將人撞得向後退出了兩三步去。

白素一退出了兩三步，雙腿發軟，坐倒在地上，只覺得體腔之內，所有的一切，幾乎全向口中湧了上來，白素想要忍住，但卻沒有法子。

她口一張，「哇哇」地大吐了起來。一直將所有的食物全都吐完，吐得只剩清水，她的噁心還未曾止。那中年人直到她吐完了，才從她的手中接過那股香來，在她的面前輕輕輕地搖着。

白素吸進了那股香味，她體腔內的五臟六腑，才算漸漸安於原位了。

她涕淚交流，又過了好一會，才掙扎着講了三個字出來：「好厲害！」

那中年人苦笑道：「那是我不好，白小姐，我未曾向你說明，將人按在這個洞口，在我們這裏，是被認為最厲害的刑罰。」

白素掙扎着站了起來：「這洞中這樣臭法，我……能下去麼？」

那中年人道：「能，但是你必須將這股香放在你的面前，煙在你的近前，你就什麼也不怕了，記着，愈向下去，愈是惡臭，千萬要小心。」

白素苦笑了一下，點了點頭。

那中年人十分虔誠地道：「白小姐，你為我們，肯作那麼大的犧牲，我們的族人，世世代代都會感謝你的恩典。」

白素聽了之後，不禁苦笑，她早就知道那絕不可能是一場愉快的旅行，但是她卻也料不到會有這樣的經歷。而如果她不是被錢萬人押了進來的話，她早已搭飛機回家了，怎會在這裏？所以，對於那中年人的話，白素的心中，不免有些慚愧。

那中年人將繩索套在白素的身上，白素的精神，也已漸漸恢復。

她小心地將那股香湊在鼻端，讓煙升上來，直鑽入自己的鼻端。

如果不是剛才她曾經受過那樣惡臭的熏襲，這時她也不會覺得那股香的妙用。如今她已身在通道之中，但是卻聞不到絲毫惡臭，她只聞到那股舒服的香味。

她慢慢地向下落去，愈到下面，她愈是有一種極其異樣的感覺。

事實上，這時四周圍一片漆黑，她根本什麼也看不見。而由於那股香一直燃着，她也聞不到什麼特別的惡臭。照理來說，是不會有什麼異樣感覺的。

但是，當她想到這一條通道，不知曾經處理掉了多少死人之際，她總覺得十分不自在。

人是不能避免死亡的，但是人一和死亡接近的時候，便有一種難以形容的感覺，這其實是一件十分矛盾的事情。

過了許久，她終於看到一點光亮了。

那一點光亮，是在她腳底下出現的，漸漸地，光亮擴大，她已可以看到，在她的腳下，是一個大洞，等到她出了那個大洞之後，她向下一看，全身都不由自主地發起抖來。

下面是一個並不十分大的山谷。

在那山谷之中，滿是白骨和已經腐爛、未曾爛完的屍體，那是真正的地獄。有幾百頭醜惡的禿頭鷲，正停在腐屍上面，津津有味地吮吃着腐肉，見到了白素，側起頭來，饒有興味地看着她。

她連忙將視線收了回來，打量着，在山壁上找到了一個可以存身的地方。她站定了身子，解開繩索，照預定的信號，將繩索用力拉了三下，表示她已經安然到達。她一直將那股香放在鼻端。

但是那股香快燃完了，她必須快點想法子爬出這個山谷去。

幸好她存身的這個峭壁，看來雖然陡削，但是岩石嶙峋，攀登起來，倒還十分容易，白素手足並用，一直向上，攀了上去。

等她攀出了那個山谷之際，正是夕陽西下時分。

她遠遠地望着在山頭上，被夕陽映得金光萬道的神宮，想起在神宮中的遭遇，心中不知是什麼滋味。她不敢多耽擱，又下了山頭，繞過了一座山頭，來到市區之中。

白素離去的過程，此較簡單，她仍然化裝為土著婦女，沿途前行。

不久之後，白素又在加爾各答會見了章摩，將金球交給了章摩，那是一個十分隆重的儀式，有許多人參加。當白素將金球放在章摩的面前之際，章摩盤腿坐了下來，對着金球，閉目入坐。

所有的人，都屏氣靜息地等着，過了足足半小時，章摩還未睜開眼來。白素不知道章摩是作什麼，她低聲問身邊的薩仁，道：「他在作什麼？」

薩仁答道：「他在靜坐，他是少數對着金球靜坐，便能在金球中得到超人的啟示的高僧之一。」

白素苦笑了一下：「你相信他真能得到什麼啟示麼？」

薩仁考慮了一下，才十分小心地回答，道：「白小姐，信仰有時候會有意想不到的力量。」

白素不再說什麼，又過了二十分鐘，章摩才睜開了眼來，講了一句話。

隨着章摩所講的那句話，每一個人的臉上，都現出了十分失望的神色來。

薩仁輕輕一碰白素，和白素一起退了出來。

白素出了房門之後，便忍不住道：「怎麼一回事？可是他得到的啟示，對你們極不利？」

薩仁嘆了一口氣：「不，他沒有得到任何啟示。他將在今日午夜，再試一次，如果再不能得到任何啟示的話，那就表示他承接神靈思想的能力消失了，必須將金球送到最高領袖面前，由最高領袖親自在金球之前，承受啟示。」

白素問道：「如果你們的最高領袖，也得不到啟示，那怎麼辦？」

薩仁呆了半晌，才道：「白小姐，我如果不說，那便是欺騙你，但我如果照直說了，那麼我就要得罪你了。」

白素搖頭道：「不要緊的，你說好了。」

薩仁欲語又止好幾次，才道：「最高領袖的領悟能力是不會失去的，如果他得不到啟示，那便是……這金球有問題了。」

白素呆了一呆：「這是什麼意思？」

薩仁又支吾了一陣：「或者是……這金球是假的，不是神宮之中的那一隻。」

白素不禁倒抽了一口冷氣，她的心中，當然不高興到極，面色已立時沉了下來。薩仁在她的身邊，顯得有點手足無措。

過了好半晌，白素才冷笑道：「薩仁先生，我本來就無意居功，而且，我終於進入了神宮，取到了金球，也不是為了幫你們。我是被人押解着進入你們的地方，金球是真是假，我沒有任何責任。」

白素毫不客氣的話，令得薩仁更是十分尷尬。

那是怪不了白素的，試想，白素為了取得這隻金球，當真可以說是出生入死，但是如今卻有人以為那金球不是她從神宮中取出的！

薩仁陪着笑，白素又道：「我認為能從金球中得到啟示，本是一件十分無稽的事，你們的最高領袖，在你們的心目中，是轉世不滅的活神仙，在我看來，他也只不過是人，而且是一個很普通的年輕人，一點也沒有什麼了不起。」

白素的話，實在說得太重了，因之薩仁的面色為之大變。

過了好一會，薩仁才緩緩地道：「白小姐，請你不要提及我們的信仰。」

白素也惱怒了起來，大聲道：「我可以，我有這個權利，你說是麼？」

薩仁搖頭道：「不，你沒有，你有權不參加我們的信仰行列，但是你卻不能詆譭我們的信仰！」

白素冷笑着：「隨便你怎麼說！」

白素懷着怒意，離開了那幢房子。

她知道某方面特務對她的監視可能還未曾放鬆，是以她的行動仍十分小心，她化名訂了機票，再打了一個電報給我——衛斯理。

第七部

金球神異力量消失

我接到白素將要回來的電報，心中十分興奮，因為我和白素分開許久了，我到機場去接她，但是我卻沒有接到白素。

白素所搭的那一班飛機，永遠未曾飛到目的地，那便是在題為《原子空間》故事中所敘述的事。白素的飛機雖然未曾飛到目的地，但是我和白素，卻終於相見。還有一段極其冗長的時間——在時間幾乎已經沒有意義的境地中相處。

在那一段不知過了多久的日子中，白素將她取金球一切經過，詳詳細細地講給我聽，她所講的一切，我已全部記述在前面了。

（在那境地中的奇遇，記述在《原子空間》這故事中。）

白素所講的一切，我毫無疑問，深信不疑。

但是，我卻也有一個極大的疑問，那便是：何以那個地區的人，對那隻所謂「天外金球」有着如此的崇仰？

如果說，金球只是作為一種迷信的象徵，這個解釋可以使大多數人滿意，但卻不能使我滿意。

因為那個地區的學者，對於精神學的研究，可以說超越世界上任何地方。

他們堅信某一些人，可以和金球發生思想上的感應，能在金球中得到啟示，這可能不是偶然的。

但是，如果要承認這一點，首先要承認那天外金球也是會「思想」的。要不然，「金球」便不能和某些人進行思想交流了。

一個金屬球，居然會有思想，這不是太無稽了麼？有思想的應該是動物，那麼那個金屬球，那個「天外金球」，難道是動物？

金球是不是動物，我不敢肯定，但是金球會移動，我卻可以肯定，我根據白素的敘述來肯定這一點。

當白素講到她在神宮之中，終於找到了「天外金球」之際，金球並不在那九個暗格中的其中一格，而是在一條如同被蛀蟲蛀出的孔道之中，那孔道有近兩呎長，白素很僥倖地手指剛好夠長，所以才能將金球慢慢地取了出來！

那孔道是怎麼來的？

金球為什麼不在暗格中？

這難道不能說，是金球「想」離開暗格，因之以一種極大的力量，和極慢的速度，在向前緩緩的推進？

這種說法，當然近於荒誕，但是它卻盤旋於我的腦際不去。

在我們回到家中之後，準備婚事的進行，打電報催白素的父親回來。

白老大的回電，使我們的婚期拖延。回電十分長，他說他和幾個朋友的研究工作，已經略有眉目。他們研究的是如何使新酒在極短的時間內變為陳酒。他說他現在不能回來，如果我們堅持立即結婚，他當然不反對。但如果我們能夠等到他研究成功，使我們婚禮的來賓，能夠是世界上第一批嘗到這種美酒的人，他自然更加歡迎云云。

我和白素看了電報，都不禁笑了起來。我們不急於結婚，但也不能永遠等下去。我們也希望他成功，是以決定等他一年。

接下來的兩個月，我們盡情地遊樂。但是在遊樂中，我卻仍然沒有忘記那「天外金球」。

有一天，傍晚時分，我和白素一起躺在郊外近海的一塊草地上，望着被晚霞燒得半天火紅的天空，我忽然問道：「那個最高領袖，究竟有沒有在金球中得到什麼啟示？」

白素提起這件事來，心中仍有餘怒：「誰知道他們，理他幹什麼？」

我想了一想：「我倒不這樣以為，你不覺得金球不在原來的地方，這事情很值得奇怪？」

白素微嗔道：「你別再提金球了，好不？」

我搖頭道：「不，我偏要提，不但要提，而且這幾天，反正閒着沒事，我想和你一起到印度去，我要仔細看看那隻金球。」

白素從草地上跳了起來，手叉着腰，裝出一副兇相地望着我。

她就算裝出一副兇相，但是看來也十分美麗。她看我反倒擺出一副欣賞的姿態，也兇不下去，轉過身：「你要到印度去，你一個人去好了，我可不去。」

我站了起來，到了她的身後：「如果你不和我一起去，我此去要是有什麼三長兩短的話，那我們不是要永別了麼？」

白素搖了搖頭：「首先我要知道你去印度的目的。」

我也一本正經地道：「好，我可以告訴你，我到印度去的目的，是想弄清楚那隻金球，究竟是不是能和人作思想上的交流。」

白素冷冷地道：「哼，你又有新花樣了？什麼時候起，又對靈學研究有了興趣？」

我忙道：「興趣我是早已有的，只不過沒有機會而已。這隻金球既是來自世界靈學研究的中心，又曾經有和人交流思想的記錄，那麼好的機會，我又怎能輕易地錯過？」

白素又道：「到了印度之後，有什麼打算？」

我道：「我想，那金球既然是你出生入死從神宮取來的，那麼，由你出面向他們借來觀賞一下，應該可以？」

白素道：「那我卻不敢肯定。」

我笑了起來：「老實說，就算他們不肯借，以我們兩個人的能力，難道還不能偷到手麼？」

白素有些啼笑皆非之感：「好，就算偷到手了，你又怎樣？」

我想了一想：「然後，我們就找一個地方，對着它來靜坐，看看是誰先能夠在金球上，得到那種奇妙的精神感應。」

我是個想到什麼就要做什麼的人，一天之後，我們已在加爾各答的機場上搭上車子，前往酒店去了。

我們在酒店中略為休息一下，便由白素帶路，去找薩仁。

那幢屋子正如白素描述的那樣，十分寬敞，守門的兩個漢子，顯然認識白素，見了她，立即恭恭敬敬地向她行禮，白素卻不立即進去，只是向他們說，她要見薩仁先生。

那兩個大漢中的一個，走了進去，不一會，薩仁便奔了出來，他的臉上，帶着一種極其歡迎的神色，一看到他面上的那種神情，便知道他是真的歡迎白素到來的。我想他這種熱烈的歡迎，可能會沖淡他們上次分手時的那種不愉快。

果然，他們熱切的握着手，白素立即向薩仁介紹了我，薩仁和我也用力地握着手：「歡迎，歡迎，久仰大名！」

我自然不免謙虛一番，薩仁將我引到了客廳之中，寒暄一會，我就開門見山地問道：「薩仁先生，那天外金球怎麼樣了？」

薩仁本來是興高采烈地在和我們談着話的，可是他一聽到「天外金球」四個字，他的臉上，便立時罩上了一層烏雲。

他並不回答，只是嘆了一口氣。

我和白素也不出聲，只是望着他。

過了好一會，薩仁才又道：「這是我們的不幸，連我們的最高領袖，也不能在金球前得到任何啟示，白小姐，你別生氣，我想那金球一定有什麼不對頭的地方，一定是的。」

白素並沒有再生氣，她只是帶着同情的眼光，望着薩仁，因為薩仁的神情，的確十分沮喪。

他頓了一頓，才又道：「關於這一點，是最高的機密，希望兩位不要對任何人提起。」

白素和我都一齊點頭答應，我問道：「那麼，你對這件事的看法怎樣呢？」

薩仁顯得有些不明白，他反問道：「你的意思是……」

我補充道：「我是說，對於金球會給人啟示這一點，希望聽聽你的意見。」

薩仁用心地聽着，然後道：「那是毫無疑問的事，金球是天外飛來的，已有幾百年了，神宮的典籍之中，記載得十分明白，一個白天，金球自天而降，落在一個天井中，將很厚的石塊穿透，要鑿開大石，才能將金球取了出來，第一個對着金球的高僧，便感到金球給他以啟示，和他作思想上的交流……」

我也用心地聽着，然後問：「不是每一個人都可以和金球作思想交流的，是不是？」

「對，不是每一個人，必須是有修養的高僧。」

「你以前見過金球沒有？」

「見過，我是被獲准在神宮中自由行動的少數兒童之一，我見過金球。」

「你對金球，可有感應力？」

「我沒有，但是我的父親有這種力量，我曾聽得他講述過當時的情形，我的父親是一個從來也不說謊的人，所以我相信這天外金球，的確有接觸人思想、啟發人思想的能力。」

薩仁講得如此之肯定和堅決，使我望了白素一下，我的意思，白素是明白的，那便是：這金球一定是真的有什麼神妙的地方，而絕不能用「迷信」兩字，便將它奇妙的地方一筆勾銷！

我又道：「那麼，薩仁先生，令尊當時的敘述，你可以向我們複述一遍麼？」

薩仁道：「當然可以，我父親有好幾次這樣的經驗，每一次都是差不多的，他將金球放在面前，面對金球靜坐，然後，他便覺得那金球不是一個死物，而是活的有生命的。雖然金球仍然不動，但他卻覺到了有人在向他講話，向他講話的人，毫無疑問是先知，因為他有許多疑難不通的問題，都可以在這樣的思想交流之中，得到解答，要求金球給他以幫助。」

白素聽到這裏，張口欲言。

但是，我卻施了一個眼色，止住了她的話，因為我知道，她必然要說「這太無稽了」這句話的。

我問道：「放金球的暗格後面，可有一個暗道，容金球落下去？」

薩仁道：「沒有，沒有這樣的事情，我小時候，被高僧認為我是靈異的童子，幾乎每次請金球出去，都是由我捧着金球的。」

我立即道：「那麼，你覺得如今的金球，有什麼不同？」

薩仁搖頭道：「沒有，金球是一模一樣的……它好像輕了一點……但這也可能是我人長大了，對重量的感覺不同了的緣故。」

我點頭道：「非常謝謝你，薩仁先生，我有一個要求，不知道你們能不能答應。」

薩仁慨然道：「我想沒有什麼不能答應的。」

我慢慢地道：「我想向你們借這隻金球研究一下，以一個月為期，定然歸還。」

薩仁一聽，便呆了一呆。

我道：「不能？」

薩仁忙道：「不是，但是這一件大事，我不能決定，章摩也不能決定，這必須得到我們的最高領袖的親口答允才可以，而金球也正在他那裏。」

我道：「那麼，向你們的最高領袖引見，讓我當面要求？」

薩仁沉吟了一下，站了起來：「請等一等，我去和章摩商量一下，他因為有病，所以不能陪客人，請你們原諒。」

薩仁一面說，一面便走了進去。

一等他進去，白素便低聲道：「你也真是，借這金球來，有什麼好研究的？」

我道：「你別心急，我如今已經有了一個約略的概念，你可要聽聽？」

白素撇了撇嘴：「什麼概念？還不是想入非非？」

我笑了起來：「科學的進步，全是從想入非非上面而來的。若不是有人想入非非，想到天空中去遨遊，又怎會有飛機？若不是有人想入非非，想不必走路而移動身子，又怎會有汽車？」

白素揮手道：「好了，好了，誰來聽你那些大道理，你對那金球，有了什麼約略的概念，快説吧。」

我道：「我想，那天外金球，極可能是——」

才講到這裏，薩仁便走了進來。

他一進來，我的話頭自然打住了。薩仁的臉色相當興奮，他一進來便道：「好，章摩先生授權我帶你們去見最高領袖，這是極大的光榮。」

我們沒有表示別的意見，薩仁要我們立時啟程，我們駕車到了機場，薩仁有一架小型的飛機，我們向北飛去。

飛機飛了許久，我們來到了位於山腳下的一個小城中，這個小城十分幽靜美麗。

在一幢極其華麗的別墅中，我們會見了那位世界聞名的最高領袖。那位領袖作僧侶打扮，戴着一副黑邊的眼鏡。

可是就算他戴着一副眼鏡，他看來也比我更年輕些。

但是，他卻有一股使人肅然起敬的神態，我們和他講了幾句話，我更發現他是一個相當聰明的人，然後，我提出了我的要求。

他沉默了許久，並不直接答應我的要求，卻反問一句話：「你對這件事的看法怎樣？」

他的這句話，不禁令我十分為難。

我當然是有我的看法，但是，只怕我的看法他非但不會接受，而且還連聽也不喜歡聽。

我也呆了片刻，又反問他：「你是喜歡我真正的見解呢？還是聽我敷衍的見解？」

我這樣說法，是很聰明的，因為我那樣說了之後，就算以後的話，有什麼得罪他的地方，他也不能怪我，因為我曾有言在先了。

他聽了之後，笑了起來：「你只管說，我自己是專攻佛學的。專攻佛學的人有一樣好處，是可以容納其他任何和佛教教義相反的說法，佛教是博大、兼容的。」

我久已聽說這位奇異的人物相當開通，如今已證明是事實。

我放心地道：「我的看法有兩種。第一種，是那個金球，根本不可能和人作思想交流，而數百年來一直有這樣的傳說，那是你們的一種手法。」

我的話講得十分不客氣，在一旁的薩仁連面色都變了，白素也向我瞪眼，似乎怪我不應該那樣說法，那位最高領袖也沉着臉，不出聲。

我看到他好像有一點不高興的樣子，是以停了一停，不曾再講下去。難堪的沉默，足足維持了近三分鐘左右，那三分鐘，長得如同三個月一樣，令人如坐針氈，說不出來的不舒服。終於，他才嘆了一口氣：「不，你錯了，這絕不是什麼手段，我以我個人的名譽保證，我的確曾和這金球作過思想上的交流，發自金球的思想，也曾給我許多超特的啟示。」

他講完了之後，頓了一頓：「你相信麼？」

我連忙道：「我當然相信。」

他又道：「那麼，你第二種看法是什麼呢？」

我道：「第二個看法是，這金球從天外飛來，那可能是另一個星球上飛來的一種東西。」

他皺了皺眉，並沒有插言。白素則以一種異乎尋常的眼光望着我，我猜想她要大笑。

這的確是很好笑的，因為數百年來，和這隻神秘的天外金球發生關係的只是玄學、靈學和精神學，但是我卻將它和尖端科學結合在一起。

我停了沒有多久，便繼續道：「譬如說，那是另一個星球上的高級生物，放出來的一個儀器，這個儀器的目的，是要探索地球上是不是有思想的高級生物，當它自天而降的時候，它恰好落在神宮之中，於是這天外金球便成為你們的寶物。」

他緩緩地搖着頭道：「我仍然有些不明白，譬如說，它怎會和人交流思想呢？」

我道：「我還有一個大膽的假設，那便是這金球實際上是一個十分精密的儀器，說不定，它還接受不知在多麼遠的無名星球上的高級生物的指揮。它的任務既然是探索地球上有沒有會思想的高級生物，那麼它必須會發出和地球生物腦電波相近的電波——」

我才講到這裏，他便擺了擺手：「我明白你的意思了。」

他只講了一句話，便又停頓了下來。

過了片刻，他又道：「所以，當那金球中的微電波，和我們的腦電波發生感應之際，我們就能和金球作思想交流，是不是？」

我心裏驚訝於這樣一個神秘地區的精神、宗教領袖，居然也有一定程度的現代知識。

我連忙點頭道：「對了，就是這意思。」

他忽然又爽朗地笑了起來，道：「其實，我們的意見並沒有什麼分歧之處，你明白麼？我們兩人的見解，如果把某些名字換一下，那便一樣了。你說某個星球上的高級生物，我說是西天佛祖；你說金球降落地球的目的，是為了探索地球上是否有高級生物，我說金球恰好落在我們的神宮，是佛祖給我們的直接啟示，因為我們的地區，一直是皈依我佛最虔誠的地方。」

我同意他的話，但是我卻毫不客氣地反問道：「那麼，為什麼如今你不能在金球之中，得到任何啟示呢？」

那領袖的臉上，現出了相當痛苦的神色來：「或許，那是我們已離開了原地的關係。」

我搖頭道：「我卻有不同的看法，我認為，放出金球的某種高級生物，曾對金球作了一些調整——」接着，我便將金球曾在神宮中移動位置的事情，和他講了一遍，然後道：「所以我請你將這隻金球借給我研究一個月，因為我對於諸如此類的事情特別有興趣。」

他又沉默了片刻才道：「好，我答應你，但是有兩個條件。」

我聽得他答應，心中大是高興，忙道：「只管提！」

他道：「第一，你不准損壞那金球，金球歸還我的時候，必須仍是完整的。第二，不論你研究的結果怎樣，都要如實告訴我。」

我站了起來：「這是理所當然的事情，我一定遵守你的條件。」

他拍了拍手掌，兩個老僧走了進來，他向他們講了兩句話，他講的話，白素聽不懂，但是我卻聽得懂，精通各種冷門語言，這是我自豪的一點。

我聽得他在吩咐：「去請西天佛祖座前的金球出來，交給這位先生。」

那兩個老僧恭恭敬敬地走了開去。不一會便捧着一隻檀木盒子，走了出來，先向他請示了一下，然後將盒子交給了我。

我按捺住了強烈的好奇心，我並沒有立即打開來看，薩仁立即示意我們應該告辭了，所以我和白素兩人，便由薩仁陪同，告退了出來。

一到了外間，薩仁便十分興奮地道：「自從逃亡以來，我很久未曾見到他如此健談。」

我也發表我的觀感：「他是一個很有學問、很聰明的人，即使他不被你們目為偶像，他也可以成為一個傑出的學者或佛學家。」

我們一直退了出來，在將到那幢建築物的大門口時，薩仁警告我們道：「兩位還要小心一些，因為據我知道，某方面仍然未曾放棄得到這隻金球的企圖，如果金球落在他們手中，那我們所蒙受的損失會更大，白小姐該知道這一點的。」

我點頭道：「要保護這金球，我先要放棄這個盒子。」

薩仁更進一步地道：「我有更好的方法，你將空盒子交給我，由我拿着，從大門口走出去，你們兩人從後門走。這裏的幾個門口，日夜不停，有好幾方面的特務在監視。」

當時，我幾乎連考慮也未曾考慮，便答應了薩仁，因為薩仁說出來的辦法，的確是一個好辦法。

我還笑着道：「不錯，我自後門走，還可以化裝為你們的伙夫。」

薩仁也笑道：「錯是不錯，可是你會講我們的話麼？」

我立即說了一句：「青粿糌粑團好了，大人，請用吧。酥茶在几上。」

薩仁訝異地望着我，大笑了起來，他當真讓我們到後門去，在廚房中，我和白素換了廚子廚娘的裝束，出了後門，由一輛小汽車載我們回到酒店去。

唉，這真是萬萬料不到的事情。

當第二天早上，我們在酒店中，打開早報之際，竟看到了薩仁的死訊。是我先看到的，接着白素衝進了我的房中，我們兩人相對站着，呆若木雞。我和白素兩人，絕不是感情脆弱經不起打擊的人，但是薩仁的死，卻是太出乎意料之外了。

報上的記載說，他捧了一隻盒子，登上了汽車，但車子只駛出幾十碼，一輪機槍就將車子射成蜂巢，薩仁當然死了，接着，有幾個大漢衝過來，搶走了那個盒子。

薩仁可以說是替我們而死的。

而且，若不是我忽然對金球有興趣，想進一步地研究它而來到印度的話，薩仁怎麼會死？

我們兩個人，成了薩仁的催命判官。

好一會，我們才一起頹然坐了下來。又過了好一會，我才道：「如今，我們唯一可以安慰的是，他死得一定毫無痛苦。」

我不知道我們是不是已受懷疑，我先進行化裝，戴上了尼龍纖維的面具。然後，我又勸白素快些進行化裝，我們幾乎什麼都不帶，只帶了那隻金球——用舊報紙胡亂地裹着，在外面看來，就像是一隻破油瓶一樣。

然後，我們又使用最簡陋的交通工具，因為我和白素扮成了一對貧民夫婦。我們在印度各地走着，有一段路，甚至是白素坐在獨輪車上而由我來推她。

直到一個月之後，我相信我們已完全擺脫了跟蹤，我們才到了新德里。

在新德里辦了一些手續，我們帶着金球，直飛美國。

在我們流浪於印度的時候，當然沒有機會研究那金球，而且，我根本不敢現露出那金球來。

薩仁已經死了，如果我再失去了金球的話，那怎還對得起他？

而到美國去，也是在那個時候決定的事情，因為只有在美國這科學高度發達的國家中，我才能找到幫助我研究這金球的朋友。

在飛往美國的途中，我仍是寸步不離那隻金球，一直到我們到了美國，在一個朋友的別墅中住了下來為止，我才有機會研究那金球。

那位朋友是一位光學專家，他的別墅在一個大湖的旁邊，那個大湖之旁有許多別墅，但是每一幢房子的距離都相當遠。

第八部

金球內部怪異莫名

那位朋友是單身漢，叫王逢源，為了方便工作，住在不遠處的工廠宿舍中，到假期才回到別墅中來。令我滿意的是，別墅的地下室是一個設備稱得上完美的工作室。

我的朋友的工廠，專門製作精密的儀器，所以，他的工作室中的那些工具，對我研究這神秘的金球，極有幫助。

第一天，我埋頭工作便有了一定的成績。

首先，在金屬光譜的分析中，我發現那製成金球的金屬，地球上絕不存在。這對於我的理論是有幫助的——它來自另一個星球。在另一個星球上，有着地球上不存在的金屬，這是極其簡單的事。

接着，我用可以透視金屬內部的X光機去檢查金球的內部，但是我失敗了。特種的X射線竟也不能透過那種金屬，我得不到什麼。

然後，我再以精密的儀器去檢查金球的表面。

我相信整個金球，只不過是一個外殼，在金球裏面，應該包含着什麼儀器。既然是外殼，那就一定會有接口、焊縫等等的痕迹，那麼，用精密的儀器來檢查，一定可以檢查出來。可是，我也失敗了。

金球的表面，竟平滑到了所有的精密儀器上的指針全都指向零。

暫時我沒有什麼辦法了，休息了一天，和白素在那湖上划船、釣魚，傍晚回家，我那朋友已經在別墅之中，那是星期五，他可以休息到星期一早上。

即使是在划船的時候，我也是將金球帶在身邊的，是以當我們回到別墅，立即進入工作室之後，我的朋友王逢源才第一次看到那隻神秘的天外金球。

我們先花了一小時來講述這金球的來歷和我對這金球的見解。然後，我們開始工作。

他從一隻不鏽鋼的手提箱中，鄭而重之地取出一根細細的鋼管來，那鋼管的尖端，細得和針一樣，他將那鋼管接駁在一個儀器上，然後才轉過頭來，得意地向我笑了笑。

我問道：「那是什麼玩意兒？」

他道：「這是我從工廠中帶回來的。為了借用這東西，我得經過工廠董事會的批准。」

我笑道：「這究竟是什麼東西？他能夠檢查出金球內部的情形麼？」

王逢源點頭道：「我想可以的，這是超小型的電視攝像管，我們在金球上鑽一個洞，將攝像管伸進去，那麼，金球內部的情形，就完全展示在那個電視熒光屏上了。」他向一幅熒光屏指了一指。

我搖了搖頭道：「那不行，我和人家講好了的，我不能損壞金球。」

王逢源道：「不是損壞，只是鑽一個小孔，那小孔的直徑只有七十分之一公分。」

我撫摸着那金球：「在表面上如此光滑的金球之上，即使你鑽了一個直徑只有千分之一公分的小孔，也會被人發現。」

王逢源忙道：「可是，我們可以在事後將這個小孔補起來，我親自動手，我，美國最精密最高級的儀器廠的總工程師，親自來動手。」

我仍然搖了搖頭：「我承認你是一個超絕的工程師，而且這裏的設備也是第一流的，但是我卻仍然認為你沒法補得起這個小孔來。」

王逢源有些發怒，道：「為什麼？」

我道：「很簡單，你拿什麼來補被鑽出來的小孔？這金球是什麼金屬鑄造的，你也不知道，你如何能找到同樣的金屬來補孔？」

王逢源瞪着眼睛：「老天，你怎麼連一點現代工業的觀點也沒有？那小孔微小得幾乎看不到，你以為我是要在金球上挖一個大洞麼？別廢話了，除了這個辦法之外，別無他法。」

我若不是亟想知道金球的內部究竟是有些什麼東西的話，絕不會同意王逢源的辦法的。而這時，我仍然來回踱了很久，才道：「好，你鑽孔吧。」

王逢源將金球固定在鑽牀上，用細得像頭髮也似的鑽針，開始在金球上打孔。

鑄造金球的那種金屬，顯然極其堅硬，因為即使是鑽石鑽針，陷進金球的速度也十分慢，足足半小時，才鑽進了半寸左右。

儀器上顯示，鑽針上所受的壓力，在漸漸減輕，那表示將要鑽透了。

終於，鑽針透過了金球，又縮了出來，金球上，已多了一個小孔。

我對於那時的感覺，實在是十分難以形容。不錯，那個小孔小到了極點，但是，即使是這樣微小的一個小孔，由於那金球的表面，實在太過平滑的緣故，看來仍是十分之刺目。我只是苦笑，道：「逢源，你知道麼？我要失信於人了。」

王逢源卻是興致勃勃：「不要緊，我可以補得天衣無縫，你放心。」

他取下了金球，又將之固定在另一個支架上，然後，他開始使用他特地自他工作的工廠中帶回來的「雷射光束反應攝像儀」。

他將那尖針對準了小孔，然後按下一個掣，一股極細的光束，筆直地由小孔中射了進去。

他又忙地按動了其他的許多控制鈕，那電視熒光屏，也已亮了起來。

一分鐘後，我們在電視的熒光屏中，看到了影象，那是一幅相當美麗的圖案，全是六角形的排列，整齊、美觀。而那是什麼東西，即使是一個小學生看了，也可以立即回答出來的：蜂巢！

王逢源似乎也覺得有點不對頭，他又調整了幾個控制鈕，使電視熒光屏上的畫面變得更加清楚，但是卻仍是和蜂巢一樣的六角形的排列。

王逢源向電視注視了半晌，才攤了攤手：「一切儀器的工作，都十分正常，所以我說，那便是金球內部的情形了，這隻金球的內部，並沒有什麼東西，但是它的內壁像蜂巢。每一個六角形的大小相等，每一邊是零點三公厘，看樣子，那種蜜蜂相當小，是不？」

王逢源還有興趣幽默，我卻十分沮喪。

王逢源又道：「讓我們來看看近鏡，你在電視上看到的，是放大了一個六角形的格子！」

他一面說，一面調整儀器，電視機上果然出現了一個大六角形的格子，當我和王逢源兩人仔細向那大六角形格子看去之際，我們兩人都不禁呆住了。那六角形的格子之中，並不是空的，而是有着許多東西。

那些東西的形狀之怪，我們無法叫出名堂來，當然，也不知那些東西有什麼用處。

金球的表面雖然平滑，但是內壁卻十分粗糙，是以才會在放大了之後，會有這樣的情形出現。

但是，那些奇形怪狀的東西，卻顯然難以全歸咎於金屬表面的不平滑。

因為我們還看到了，在一堆如同牛屎也似的東西上，有一根管子，向外通去。

當王逢源調整儀器的攝像角度之際，我們發現這一根管子，通向另一個六角形的空格，接着，我們更發現，在每一個六角形的空格中，都有同樣的管子，四通八達，通向別處，在金球的中心部分，有一個六角形的立體，是連結那麼多的管子的總樞，在管子的其他部分，有時有一個小小的隆起。

我和王逢源兩人，對着電視熒光屏，足足看了一個小時，直到眼睛發痛，仍是弄不明白我所看到的，究竟是什麼東西。

王逢源苦笑了一聲，關掉了儀器：「看來，這像是一個摩登蜂巢，那些管子，倒像是蜂巢中的交通孔道一樣，對不？」

我苦笑了一下，王逢源自然是在講笑話，但是，王逢源的話，又不是全無道理的。那許多管子（實際上比頭髮細得多）四下交叉，到處連結，但是卻一點也不亂，看來真像是交通線。

我在沙發上坐了下來，在我的預料中，金球的內部，應該是裝置着精密的儀器的，但現在卻是這樣莫名其妙的東西。

那些東西究竟是什麼，我和王逢源兩人都說不上來，而且金球內部的一切，都是小得要放大幾百倍，才可以看得清楚，就算將金球剖了開來，我只怕也沒有這個耐心去研究它。

我道：「好了，第一流的工程師，你可以將小孔補起來了。」

王逢源卻奇怪地瞪着我：「咦，你這個人，怎麼一點科學觀點也沒有的。」

我幾乎想罵他幾句，但是我心意闌珊，只是冷冷地道：「什麼叫科學觀點？」

王逢源道：「科學觀點就是做一件事，在未曾徹底做好之前，絕不休止。你如今已明白金球內部的東西是什麼了麼？為什麼要我補起小孔來？」

王逢源的話，雖然講得十分不客氣，但是卻使我的精神為之一振，自沙發上一躍而起：「來，我們來繼續研究。」

在接下來的幾天中，王逢源動用了他的假期，我和他幾乎日日夜夜在工作室中。我們花了三天的時間，將金球放大了幾十倍，製成了一個模型。

那模型的內部是全部按照電視熒光屏中現出來的情形所製成的。

做好了這個模型之後，我們再進一步地探測金球內部的那些其細如髮的管子，那是空心的。而空心之中，又沒有別的什麼。

王逢源又自作主張地弄斷了一根那樣的細管子，仔細觀察管子的內部。

在他剛告訴我弄斷了一根管子之際，我還不同意那樣做法，但是，當管子內部的情形，反映在電視上之際，我們都驚訝得跳了起來。

那管子雖是空心的，空心的部分微小到極，然而，在放大了之後，我們在管子的中心部分，發現了一些極奇異的東西！那些東西的形狀，仍然是極其奇特，亂七八糟的，而這種東西，卻不是固定在管子的內部，而是可以在管子內部滑動！

如果說，那些四通八達的管子，是一組複雜而有計劃的交通線，那麼在管子中的那些東西，就應該是車子。

可是，難道那些空心的小管子，真是交通孔道麼？是一些什麼樣的

「人」，在使用這種交通孔道呢？這一切，真是不可思議之至。

到了第四天晚上，更不可思議的事情來了。

我們在休息了片刻之後，準備再探索金球內部的情形之際，卻發現被我們鑽出來的那個小孔，竟然不見了。

那個小孔本來是相當刺眼的，但是這時，整個金球的表面，平整光滑，絕沒有任何瑕疵，那個小孔消失得無影無蹤。

我和王逢源兩人，都不禁相視苦笑。

這幾天中，我們每一個人，連白素在內（她照料我們的生活，有時也參加我們的工作）都盡量發揮我們的想像力，來猜測那金球究竟是什麼東西。但是我們的想像力，卻也沒有發展到了金屬會自動地將小孔補好這一點。

在我們發現那金球的表面上已沒有小孔的一剎那間，我們都以為金球被人掉換了。但是我們又立即否定了這樣的想法。

因為在這幾天間，我們根本未曾離開過工作室。

就算是有一個隱身人混進了工作室來，我們也應該可以看到金球被取起來的情形。

那就是說：金球還是這隻金球，但是，球上的小孔是不見了，填塞了。這說明這種金屬會生長，是活的金屬：這一切超乎知識範疇以外的事情和疑問，將我們兩個人的頭都弄得脹了起來。

我最先想起，當鑽那個小孔的時候，有一些極細的金粉末，是被王逢源收在一隻小瓶子之中的，我連忙叫他找出來看一看。

當我們看到那小瓶子的金粉時，我們又不禁苦笑，原來那一部分金粉，已不再是粉末，而是結成了極小的一個小圓珠狀。

這證明這種金屬，的確有活動能力。這情形像是汞散開之後，又凝聚起來一樣。然而汞是液體，組成這隻金球的金屬，卻是固體。

我們又在金球上再鑽了一個孔，然後，用高倍數電子顯微鏡來觀察它的金屬粉末。在顯微鏡下，金屬粉末都是變形蟲一樣。

我說它們像變形蟲，那是因為它們的確在動，以一種極慢的速度在動，當兩粒微粒相遇之際，就有觸鬚慢慢地伸出，終於，兩粒金粉，合併為一粒。

王逢源怪叫了起來：「老天，這不是什麼金屬，是生物！」

我點了點頭。

王逢源的話，聽來雖然荒謬，但卻無法加以否認，因為它會動。會動的東西，你能說它不是生物麼？而且，金球會動，我可以說是早已知道的了。

看來，整個金球，像是由一種結聚了無數微生物而成的物體製成的。那種物體，有些像珊瑚礁，但這種微生物凝聚在一起之後，卻有着極佳的金屬性能，那樣堅硬的生物，這似乎是不可能的事情。但是在那一刹那間，我卻想起一種叫作「緬茄」的植物來。緬茄的種籽上有一種黃色的附着物，那種附着物像是種籽上的一層帽子，那是極其堅硬，如同金石一樣的東西，可以用來雕刻成種種的形狀，那不也是生物麼？如果將之放大數千倍，只怕也可以看到清晰的細胞組織。

那麼，整個金球，全是由一種微生物聚集而成的，似乎也不值得怎樣奇怪了。

我苦笑了一下：「這個事實是我們必須接受的：這是一種生物製成的，它會生長，你在它上面鑽一個孔的話，它會慢慢地恢復原狀。」

王逢源道：「那麼，它內部的六角形空間，難道也是天然的排列？」

我難以回答這個問題，只好道：「可能是，也可能不是。」我的話說了等於白說，王逢源也只有苦笑：「看來那種微生物是會思想的，要不然何以金球能和人作思想上的交流呢？」

我道：「我們可以將整個金球作微電波的試驗。」

為了作微電波試驗，我們又忙了半天，因為我們得不到任何的結果。

微電波的測驗儀是十分靈敏的，人的腦電波是極之微弱的微電波，但是在儀器的儀表上，出現的數字是「一一四」。那組成金球的微生物，如果有思想能力的話，至少也應該使指針稍為震動一下的，但是儀表的指針，始終指在「零」字上。

在忙了一個下午之後，我的心中，突然升起了一個怪誕的念頭來。

我們在做的工作，是在檢查那種微生物是不是有思想能力，為什麼我們竟沒有想到，有另外一種生物，本來是在金球之中，如今卻已離金球而去了？這種生物可能是極其高級的生物，有思想，有智力，能從另一個星體中飛到地球上來！

人類對別的星球上的生物，是無法想像的，科學家和幻想家們，曾經對其他星體上的生物作過種種描述，有的說火星人可以像八爪魚，有的又說別的星球上的高級生物的形狀，根本是不可想像的。不可想像是對的，因為人的想像力再豐富，也只是以地球上的一切作為依據來幻化擴大的。人們想像火星人有八隻腳，是因為地球人有兩隻腳。

人永遠不會想到，火星人可能根本沒有腳。

外星生物體積的大小，也一樣不可想像。

由於在地球上，高級生物的體積都相當大，所以在想像之中，別的星球人也應該和地球人一樣大，或者更大。可是，為什麼其他星球上的高級生物不能是十分大，大到一百呎高，或者十分小，小得可以在直徑一呎的金球之中住上很多，而可以在那種管道之中自由來去，為什麼不能那樣呢？

我停止了工作，坐在沙發上，托着頭，愈想愈覺得大有可能。

王逢源望了我半晌：「你在想些什麼？」

我道：「你想，別的星球上的一種高級生物，如果小得只是地球上的普通細菌一樣，有沒有這種可能？」

王逢源是一個科學家，所以他的回答也十分科學和客觀，他道：「對別的星球上的事情，我有什麼辦法說可能，或不可能！」

我不再出聲，過了片刻，王逢源又道：「你究竟想到了什麼，你講吧。」

我道：「我一直認為這金球是個地球以外的另一個星球上飛來的，本來我以為這是一個探測儀器，但現在我改變看法了，我認為這是一艘太空船，裏面至少容納了很多極小的星球人。」

王逢源望着我，過了半晌，他才道：「作什麼？他們是向地球移民？」

我苦笑道：「我所說的一切，只不過是假設而已。」

王逢源搖搖頭道：「你的假設顯然不對，如果有很多照你所說那樣的『星球人』在裏面，我們也應該早可以檢查出來了。」

我忙道：「我的假設還可以延續下去，我假定：他們全走了，全都破球而出，到別的地方去而不在金球中。那些人一定有備而來的，他們帶着一切設備，來到了地球之後，便開始陸續離去……」

我才講到這裏，王逢源的雙手便按在我的肩頭之上，拚命搖動，使我不得不停了下來。

他道：「不給你再說下去，你一定要說的話，可以自己對自己去講。」

我用力摔脫了他的手：「我要將金球用刀剖開來，我相信在高度的顯微鏡之下，我們一定可以找到一些東西，來支持我的假定。」

王逢源道：「你發癡了，我要鑽一個小孔你都不肯，如今你卻要將金球剖了開來？」

我聳肩道：「反正它會自己長好的，又怕什麼。剖！」

我的話陡地提醒了王逢源，他也陡地跳了起來，大聲叫道：「剖！」

白素正好在這時進來，她望着我們，也不出聲，因為這幾天來，我們兩人的瘋瘋癲癲的情形，她早已見慣了。昨天晚上，她曾發過議論：「男人說女人是莫名其妙的動物，我說男人才是，哼，一群老頭子在法國，想使白蘭地迅速變醇。你們兩個小伙子在這裏，日夜不睡在堆積木，算是研究。」

當時，我和王逢源兩人，對於她的話，竟沒有反駁的餘地。

但是不管怎樣，男人總還有一股百折不撓的幹勁，所以這時候，我們說做就做，開始用最鋒利的切剖刀，切剖起金球來。

一個小時之後，金球便被剖開來。

儘管我們十分小心，我們也不免將那些細如頭髮的管子弄斷了很多。我們將電子顯微鏡的放大鏡頭，裝置在電視攝像管之前。

我們的第一個發現是：那些奇形怪狀，在六角形小空格的東西，還有着許多小孔。

我指着出現在電視熒光屏的那種東西：「這就是他們居住的屋子。」

王逢源並不出聲，他只是十分小心地移動着顯微鏡的鏡頭，那是一項極其艱苦而又需要耐心的工作。

這種工作持續了好多天，可是沒有進一步的發現，我們都十分失望，只好放棄不再進行，因為金球的歸還日期快到了，我和白素帶着它回到了印度。

那被剖成了兩半的金球，的確是在自己生長，但是它「生長」的速度卻十分慢，在我回到了印度之後，它還未曾全部「復合」。所以我暫時也不敢將金球還給人家。

我們住在租來的一幢大的房子中，環境相當幽靜。

那一天早上，正當我在園中舒展四肢，作一些體操的時候，忽然看到一輛十分大的黑色房車，停在門口。車門打開，先下來了兩個年輕人。接着，那兩個年輕人，又扶下了一個老者來。

那個老者的年紀需要兩個人扶持，身上穿著袈裟，一看便知道那是一位高級僧侶。

三個人一齊來到了我的門前。

而這時候，我也已認出，那個年老僧侶，正是章摩。他的相片，曾經在報章上多次出現，那是因為他是最高領袖的最得力助手之故。

我的心中十分驚訝，不知道何以章摩他們知道我在這裏居住。

因為由於金球尚未「復合」的緣故，我人雖然到了印度，但是卻連見都不敢去見他們，也未曾和他們進行過任何聯絡。

第九部

神靈感應請求幫助

但是儘管我心中極其驚訝，我卻還是迎了上去。

我才走出那株橡樹，隔着鐵門，章摩和那兩個年輕人便看到了我。章摩滿是皺紋的臉上，突然現出了無比驚訝的神色來，這又使我十分疑惑。

因為我認為章摩來到了這裏，當然是來找我和白素的。如果他是要來見我的話，何以見到了我，竟會這樣子驚訝莫名？

如果他不是來找我的話，那麼，他到這裏來，究竟是來做什麼的呢？

我繼續向前走去，事實立即證明，章摩的確是來找我的，因為他立即雙手合十，道：「原來你真的在這裏，這真是太神奇了。」

我聽不懂他這樣說是什麼意思，但至少有一點是可以肯定的，那便是，他到這裏來，的確是來找我的，我連忙拉開了鐵門，章摩掙脫了那兩個年輕人的扶持，踏前一步，緊握住了我的手。

他不斷地道：「太神奇了，這真太神奇了，先生，你幫了我們一個大忙！」

章摩的話，更令我莫名其妙！

這時，白素也已出來了，她看到了章摩，也十分驚訝，我帶着章摩和那兩個年輕人向前走去，我們就在花園中，坐了下來。

我心中的疑惑，已使得我非向他們發問不可了，我問道：「奇怪，我們回來了之後，未曾通知過任何人，閣下是怎麼知道我們在這裏的。」

章摩十分激動：「神奇的感應，在忽然之間，最高領袖召見我，說他得到了感應，你已回印度來了，住在什麼什麼地方。那種感應，就像是面對着天外金球時所發生的感應一樣。」

我望了白素一眼，白素的臉上也有不信的神色。

章摩卻愈說愈是興奮，繼續道：「當晚，我也得到了同樣的感應，天外金球不在我的面前，但是我卻有了那種神奇的感應，我也得到了你的住址，並且，還替你帶來了一個口訊。」

我忍住了無比的疑惑：「口訊？是什麼人託你帶給我的口訊？」

章摩嚴肅地道：「不是什麼人，是神，你快要成為神的弟子了。」

我不由自主摸了摸頭頂，老實說，我絕不想剃光了頭去當和尚。可能我的動作太輕佻了，所以章摩不以為然的望着我。

我連忙用語言掩飾了過去：「是什麼口訊？」

章摩的面色稍霽：「你將獲得這種感應的能力。」

我皺了皺眉：「怎樣才能呢？」

章摩道：「你必須一個人，絕對地靜寂、靜坐，不去想及任何事情，也不要急切地希望得到啟示，那你就會得到啟示的。」

我又問道：「我將得到什麼啟示呢？」

章摩搖頭道：「我也不知道，我要告訴你的，就是這些，還有那金球——」

我連忙道：「那金球在我這裏，但是……但是我想，我要得到啟示的話，有那個金球在，不是更容易一些麼？我想多借幾天，一定歸還。」

章摩側頭考慮了半晌，才道：「可以，你使我和最高領袖又恢復了獲得啟示的能力，那是我們要十分感謝你的。好，我告辭了。」

他站了起來，由那兩個年輕人扶着，向外走去，我禮貌地送他到了門口，看着他們的車子離去。

然後，我轉過身來，向白素一笑：「活見鬼了，我會成為神的弟子？」白素卻並不像我想像之中那樣跟着我笑了起來。她的表情反倒十分嚴肅，搖了搖頭：「你怎麼可以對你自己的見解，如此沒有信心？」我不懂白素這樣說法是什麼意思。

白素續道：「有的時候，兩種意義相反的言詞，所代表的意思，實際上是一樣的。章摩提到『神』，你感到可笑，你提到『來自別的星球的高級生物』，章摩也會感到好笑，但事實上，他口中的『神』，和你口中的『高級生物』是同樣的。」

我仍然有點不明白。

白素又道：「這是能夠和人在思想上聯絡的一種力量，隨便你稱他為什麼，那種東西，可以和人作思想上的溝通，則是不變的事實。」

我呆了半晌：「你的意思是說，章摩所得到的感應是真實的？」

白素點了點頭：「而且，我相信如果你照着他的吩咐去做的話，你一定可以得到啟示的，這正是你夢寐以求的事情。」

我又呆了半晌，白素的話，的確十分有理。章摩得到了啟示，這件事情聽來，固然相當神奇，但是如果解釋為我的假定的那種高級生物，又和他作了思想的溝通，這就不神奇了。

那種高級生物，或者只能和特定的一種腦電波頻率發生交流，而這種頻率，又要在靜坐的情形下才能達到，那麼，章摩對我所講的話，也不是十分虛妄了。

我默默地呆想了片刻：「你說得有理，我要試一試，反正不會有損失。」

白素有點嫉妒也似地望了我一眼：「其實很不公平的，金球是我千辛萬苦從神宮帶出來的，為什麼我不能得到啟示，你反而能得到？」

我自然知道白素這樣說法，並不是真正的嫉妒，而是想堅定我的信心。

我笑道：「那你也無法羡慕我，或許我的腦子更接近神靈的境界。」

我們一齊回到了屋子中，我從當天下午起，便開始摒除雜念，我強迫自己聽完了一闋馬勒的第七交響樂，讓音樂先將我的思想帶到靈空的境界中。

當夜色來臨的時候，我便坐在有一扇窗子臨着一株大菩提樹的小室之中，坐在一個墊子之上。這時候，如果有我的熟朋友，不明白我在做什麼，而看到我這怪樣子的話，一定會失聲大笑的。

我坐着，開始的時候，微風還吹動窗外的菩提樹，發出輕微的沙沙聲，不免擾亂我的思緒。

但是過不了多久，不知是風停了，還是我的思緒更集中了，我再也聽不到有別的什麼聲音。

我像是在一個十分靈空的境界中，什麼也感不到，什麼也不存在。又過了好一會，那是突如其來的一種感覺，我竟然聽到了有人在向我講話。

我倏地睜開眼來，我存身的小室中，一片黑暗，什麼也看不到。但是我的確聽到有人在和我講話，我要特別強調的是我「聽」到，而不是「感」到。我真的聽到有人在這房間中和我講話，雖然我看不到任何人。

我聽得那聲音在重覆着同一句話：「你聽到我的聲音麼？你聽到我的聲音麼？」

那講話聲聽來十分柔和，比耳語聲稍高一點。

我也用同樣大小的聲音答道：「我聽到了。」

那聲音道：「啊，很好，很好，你終於聽到我們的聲音了。你看不到我們，我們講的話，你聽得懂？」

我有點不明白那是什麼意思，但是我還是道：「我聽得懂。」

那聲音道：「你們的世界是一個奇異的世界，你們的語言，竟然有七千四百三十八種之多。」

我愕然了。

世界上的不同語言究竟有多少種，即使是再專門的語言專家，也是不能一下子就說得出來的，他們是何由而得到那麼精確的數字？

我沒有回答，那聲音又道：「你的工作，破壞了我們的一項最偉大的工程，你知道不？但是你卻是我們的朋友，我們到這個星球來，你是第一個想到我們存在的人，而且我們——」

我聽到這裏，心情突然激動了起來。

我實在沒有法子不激動，我所設想的，竟然是事實。有一種高級生物和我講話，他們小得肉眼看不到，他們來自別的星球。

我一興奮，便失去了安靜，突然間，我聽不到他們的聲音了。

我只得強迫自己再安靜下來。這實在不是一件容易的事情。足足過了十分鐘，我才又聽得那聲音道：「你必須保持心地的寧靜，這個星球上，可以接受我們發出的微電波的人並不多，這是我們最苦惱的事情。」

我道：「你們的意思是——」

那聲音道：「也就是說，可以聽到我們所發出的聲音的人並不多，而且，那少數人，也一定要在寧靜之中，才能和我們發出的微聲波相感應，從而聽到我們的聲音。更可惜的是，這個星球上，凡是經常靜坐，可以聽到我們聲音的人，都具有一種十分玄冥思想，你是第一個想到我們是另一種高級生物的人。」

這時候，我心中的興奮，實在是難以言喻的。

但是，我卻竭力抑遏着我心頭的興奮，唯恐太興奮了，就難以再聽得到他們的聲音。

我盡量將聲音放得平靜：「那麼，你們是來自什麼星球的呢？」

「我們的星球小得可憐，那是一顆小行星，你們對小行星的研究不夠，你們已發現了幾千顆小行星，但是我們的那顆，在毀滅之前，你們還未曾發現。」

我呆了一呆：「噢，原來你們的小行星毀滅了？」

「是的，在一次彗星接近的飛行中，我們的小行星脫離了軌道，落到了地球上來。我們早已算出我們的行星會有這個結果，所以及早準備，在災難未曾發生之前離開。」

這時候，我的思想也墮入了一個十分複雜而玄妙的境界中。這些來自另一個星球的高級生物，比地球人進步得多。

在宇宙中，物體大小是無法比擬的，我們看來，覺得這種生物，甚至小到肉眼不能睹，那我們自己，應該是龐然大物了。

但是，宇宙之中，比地球大上幾千幾萬倍的星球，不知凡幾，又焉知那些星球之上，沒有一種生物，比我們大上幾萬倍呢？如今和我在交談的星球人形體雖然小，但是他們能夠預測自己居住的星球何時毀滅，及早預防，這不但需要過人的智力，也需要過人的勇氣。

那聲音又響起：「我們全體，同心合力製成了一隻碩大無朋的飛船，那飛船可以容下我們全體，飛船用一種生長極緩慢的微生物作主要原料。本來，我們是準備飛到別的小星球上去的，可是我們起飛的時間，慢了一點，結果落到了地球上，若干年後，我們才知道，那是地球上最神秘的地區之一。」

我問道：「所謂若干年後，那便是說，在你們已對地球有了了解之後？」

「是的，我們來到了地球，派出許多小飛船去偵查，將偵查的報告帶回來，積年累月，我們才對地球有一定了解，我們也準備在地球上定居下來了，地球是一個十分可愛的星球。」

我苦笑了一下：「你們來到地球，有多少年？直到如今，才有一個地球人知道，在地球上的高級生物一共有兩種，而你們比地球人實在要高級得多。」

那聲音道：「我們的壽命很長，你的確是第一個想到這個問題的一個地球人。」

我忍不住笑了起來：「可是，你們知道麼？如果我將這件事去告訴別人，別人一定以為我是一個神經病者。」

「那是一定的，許多人在聽到我們聲音的時候，甚至驚得尖聲尖叫，我們也不輕易和人交談，與你談話，是要請你幫我們。」

我攤開了手：「謝謝你們看得起我，你們需要什麼呢？」

那聲音道：「我們全體，在經過那麼長時間之後，都想家了。」

我不由自主地睜大了眼睛：「想家？可是，你們的家已經毀滅了啊！你們想家，又有什麼辦法可想，你們怎能回家去？」

那聲音有點無可奈何：「是的，我們的星球已經毀滅了，但卻也不是完全毀滅了，它從天空中墮下來，跌到了地球上。」

我不禁訝異了起來：「跌到了地球上？如果有別的星球曾和地球相撞的話，那麼地球豈不是也早已——」

我下面「完了」兩個字，還未曾出口的時候，我已陡地想起，我是實在不必驚訝的，他們的形體，既然如此之小，他們全體，可以被容納在一個直徑一呎的金球之中，那麼他們的星球當然也是很小的，在地球而言，這種小星球撞了上來，當然若無其事的，那只不過是一塊大殞石罷了。

我立即笑了一下，道：「我想，你們的星球，一定十分小？」

那聲音也笑了起來：「是的，照你們的度量衡標準來說，原本它有四十二點七立方公尺。可是，當我們在地球上找到它時，它只剩下兩立方尺左右。雖然只剩下那麼一點，它們是我們的家鄉，我們需要它。」

我在那聲音中，聽出了發出那種聲音的高級生物，對於他們的星球，實在充滿了深厚的感情。

這其實是十分可以理解的，譬如說我們地球人，流落到了一個完全陌生的星球之上，忽然發現了殘餘的地球，在上面還可以找到亞洲或是美洲的痕迹，怎會不喜出望外呢？

我呆了片刻：「恭喜你們找到了家。」

那聲音沉默了片刻，才又道：「不值得恭喜，雖然找到了我們的星球，可是卻被當作了一幢巨大建築物的基石，我們沒有法子將之弄出來，而且，就算弄出來之後，也沒有法子使它回到原來的空際上去。」

我明白那「巨大的建築物」是什麼，我立即道：「神宮？」

那聲音道：「是的，在我們的大飛船降落的同時，我們的星球也落到了地球的表面，金球被當作神物供奉起來，我們的星球，則在若干年之後被從地下掘了出來，作了神宮補充建築的基石。我們在金球中生活了許多年，才找到了克服地球地心吸力的法子，但是我們只能離開金球作飛行，卻始終不能使金球起飛，而我們……老實說，我們不願意再在地球上耽下去了。」

我苦笑道：「這……看來我沒有什麼可能幫助你們的。」

我一面說，一面攤了攤雙手。

突然之間，我覺得手心之上，似乎有什麼東西，碰了一碰，同時，我聽得那聲音竟自我的手心之上，發了出來：「我們請求你幫助，你現在勉強可以看到我們的小飛船，請你看看。」

我俯首向手掌之上看去，黯淡的月色，從窗口射進來，我看到我的手心之上，有極小的五點淡金色的小點，那五個小點只不過像針尖一樣。

我驚嘆了一聲：「那麼小，這是你們的飛船？」

「這是我們的六人飛船，我們總共有三十個人，是全體的領袖，來請求你幫助，希望你能夠答應，當然我們也不會白要你幫忙。」

我仍然注視着手掌的小金點，我不明白何以他們的形體如此之小，卻能將他們發出來的聲音，擴大到我可以聽得到的程度。

但我只是略想了一想，便又不由自主地苦笑了起來：「請相信我不是不願意幫助你們，我極願幫忙，但是我卻感到無能為力。」

那聲音道：「你可以的，你可以去將那被作為基石的星球取下來。帶出那地區，並且設法將它裝在一枚火箭之上，射上我們原來的空際去。」

我啼笑皆非，只怕世界上也沒有一個人，可以做得到這一點的，而他們居然向我提出了這樣的要求。

我覺得我實在是十分難以回答，只得道：「我想，我想，你們雖然在地球上逗留了好幾百年，但是對於地球上的一切，似乎還不夠了解。」

那聲音道：「不，我們知道這是一件極困難的事，我們要求你這樣做是不情之請。如今對我們來說，最大的困難，就是我們不能克服地球的地心吸力，我們無法舉起我們的星球，除此以外，有許多地方，我們可以和你共同進行。」

我並不想對他們表示任何的不恭敬，因為他們的形體，雖然如此之小，但是他們的智慧，毫無疑問在地球人之上。

但是我仍然不由自主地道：「你們？你們可以和我合作？這是什麼意思？」

「我們的形體雖小，但是有很大的力量，譬如說，我們的六人小飛船的速度就相當快，它在全速飛行時，幾乎可以穿過任何物體。地球人的身體構造十分脆弱——請原諒，譬如說，我們穿進了一個人的腦子，切斷了其中一根腦神經的話，那麼，這個人就會變成白癡了。」

我不由自主，打了一個寒戰。

我不知道他們的全數究竟有多少，但是毫無疑問，他們一定是十分愛好和平的生物，他們具有隨時可以殺人於無形的力量，如果他們存心毀滅人類的話，那麼地球人只怕早已絕種了。

在我呆住了不出聲間，那聲音又道：「我們還可以發射一種光束，那種光束的殺傷力很強，如果在必要的時候，可以殺死人的。」

我又呆了片刻，才道：「我對你們具有這種力量，倒並不表示懷疑，但是，我們面臨的困難，絕不止那些，神宮的所在地，像我這樣身分的人偷進去已冒着極大的危險，何況要將被作為基石的一塊兩立方公尺的石塊取出來，並且將之帶出來？這實是不可能的事情，除非將這個地區所有的敵人，都殺死或者變成白癡，但是我猜想你們也不會同意這樣做法的，是不是？」

那聲音苦笑着：「你說得對，或許我們是太想家了，所以才變得顛倒起來。」

我還想說什麼時，那聲音道：「那我們只好放棄這個要求了。」

我忙道：「你要明白，事實上，並不是我不肯幫助你，而是無能為力。」

我未曾再聽到那聲音，只是看到我手心上幾個淡色的小金點，突然不見了。那是怎樣消失的，我也未曾看清楚。當然，當然，那是由於他們的飛行速度極高的緣故。

我一個人又在密室中坐了一會，才走了出來，一開門，我才知道白素一直在門外，她一見我就道：「我聽到了你講的每一句話，你真的聽到了他講的話麼？」

我驚訝地反問：「你沒有聽到？」

白素搖頭道：「除了你的聲音之外，我沒有聽到任何人的聲音。」

我不禁使勁搖了搖頭，心中想：難道剛才，實際上我也未曾聽到任何聲音，一切只都不過是我自己的幻想？但是，我看到的手掌上的那小金點呢？

我苦笑了一下：「一切和我事先所猜想的太吻合了，所以我懷疑這是在一種自我催眠的情形之下，由我自己幻想出來的。」

白素皺着柳眉：「你說說看，究竟聽到了些什麼？」

我握住了白素的手，將剛才我一個人在靜室中所經歷的事情，和她講了一遍。

白素聽了之後，一字一頓，以一種十分肯定的語氣：「那是真的。」

我懷疑道：「你怎麼知道？」

白素道：「因為你拒絕了他們的要求。」

我忙道：「我不能不拒絕啊，你想想，我們有什麼能力去做這樣近乎不可能完成的事呢？」

白素點頭道：「所以我才說剛才你所經歷的一切是真的，如果那是你的幻想，你一定早已答應了，任何人在作幻想的時候，他自己一定是一個勇往直前、無所不能的英雄，而絕不會是一個思前顧後、唯恐不成的人。」

我想了想，剛才的經歷，每一個細節，我都可以回憶起來，那其實並不是幻想，而白素之所以沒有聽到那種高級生物的聲音，當然是因為她的腦電波頻率，不論在什麼情形之下，都無法適應那種音波的緣故。

我同意白素的看法：「你總算幫我解決了一個疑問，而對於天外金球的事情，我看也可以告一段落了，如今所等待的，只是等天外金球復原之後，將它歸還給人，我們也可以無事一身輕了，我們……」

我只講到這裏，便沒有法子再講下去了。

因為我看到白素以一種十分怪異的目光望着我。那種目光，使我立即知道她的心中有話要說，所以我便停了下來，讓她發言。

我才一停口，她便道：「事情已經完結了？你這是什麼意思？」

我攤了攤手，道：「不是麼？」

她搖頭，道：「不是，至少我認為如此，你怎能讓那群可憐的生物，在不屬於他們自己的星球之上，繼續過着他們不願意過的日子？」

我伸手在額頭之上一擊，叫道：「噢，不！」

白素側着頭道：「你難道一點也不可憐他們？」

我忙道：「你錯了，你以為他們是什麼？是柔順的小白兔，是在掌上怯生生爬行的金錢龜，是小動物麼？他們不是，他們是智能比我們高一百倍、科學比我們發達一千倍的高級生物，外星人！」

我算是已將事情講得再明白也沒有了，他們和我們相比，我們地球人才是可憐蟲，試想，地球在遭遇到毀滅的危機之時，可以想像所有的地球人，共同在一艘大飛船中逃亡麼？

白素卻仍然道：「他們很小，小得看也看不到，不是麼？」

小。」

我大聲道：「是的，他們小，但是他們強，他們比我們進步，他們不是弱

白素固執地道：「如果他們不是弱小，那麼他們為什麼來請求我們幫助呢？他們全體都需要我們的幫助，經歷了幾百年之久，他們才向一個和他們全然不同的生物，發出了要求幫助的呼叫。」

白素的話中，充滿了感情，我嘆了一口氣道：「好了，讓我問你一句，你想我怎樣？」

白素的回答在我意料之中，但是她回答得如此之快，那卻出乎我的意料之外，她道：「幫助他們，去幹！」

我呆了好半晌，才道：「小姐，你說得簡單，你知道我們要幹些什麼？我們要偷進那地方去，將一塊大約兩立方公尺的岩石，從一個龐大的建築物的底部抽出來，還要將它運出來。然後，再要找一枚衝力強大得可以射到那個空際的火箭，將那塊岩石送到虛無縹緲的太空中去。」

我講到這裏，頓了一頓，才又道：「小姐，就算那地方的統治者是你的表

哥，美國總統是我的表弟，他們也做不到這一點。」

這一番話，令得白素有點動容。

她也呆了半晌，但是，當她再開口的時候，講出來的話，卻又令得我倒抽了一口冷氣，她道：「你還沒有開始去做，怎知道這一定不成呢？」

我實在無法再說什麼了，因為這件事，就算是白癡也可以看出是行不通的。但是我卻不能將這句話講出來，有哪一個男人，敢當着未婚妻的面，將她比喻作白癡的呢？我只是翻了翻眼睛，向外走去。

我剛跨出了一步，白素便將我叫住：「衛，你這是什麼意思？」

我道：「我想，這個問題，我們不必再討論。」

白素道：「你的意思可是已經答應幫助他們？」

我的耐性，可以說已到了頂點，我並不直視白素，只是沉聲道：「不，剛好相反。」

我一面說，一面穿過走廊，向前走去，當我走到了另一間房門前的時候，正待打開房門走進去，卻聽得白素道：「你不去，我去。」

第十部

不可能完成的事

我轉過身來：「你瘋了？」

白素道：「或許是，但是我卻不能知道了有這樣一種奇妙的生命需要援助，而我卻不出力。」

我仍然望着她，心中在想着用什麼樣的語言，才能消除白素腦中那種瘋狂的念頭。但是我還未曾開口，白素已經道：「而且，要研究這個天外金球，是你提出來的。」

我頗有難以招架之勢，攤手道：「好了，好了，就算要討論的話，明天再討論可好？」

白素慢慢地來到了我的面前，我們兩人都有點因為剛才那種不愉快的爭執而對對方有一些歉意，但是我們兩人，卻也沒有改變我們主意的意思。

她在我的面前，默默地站了片刻，才道：「好，那麼，晚安。」

她轉身走了開去，她的臥室在我的對面，我看她關上了門，我也進了臥室，不知不覺就睡着了。

我大概是睡着了之後不久，就開始做噩夢的，我夢見自己在一座極其龐大的建築物之前，用力想把下面的一塊石頭抽出來，我抽得滿頭大汗，突然「轟」地一聲，整座建築物都倒了下來，壓在我的上面，奇怪的是我竟沒有死，像是礦坍了之後，我被埋在礦坑中一樣，不知經過了多久的掙扎，我才聽到有人在叫我的名字。

我大叫：我得救了！我得救了！就在那種狂喜之中，我醒了過來。

那是一場十分駭人的噩夢，我在驚醒之後，仍是免不了心頭劇跳，然而最奇怪的是，在我醒了之後，我仍然聽到有人在叫着：「衛斯理，衛斯理。」

我陡地坐起身來，室內除了我之外並沒有人，但是我立即想到：那一定又是「他們」！

在我已斷然拒絕了他們的要求之後，他們竟然又來纏我，這實在是太不應該了，難道他們要纏我一世麼？我不禁十分憤怒：「這算什麼，我在睡覺，我想你們應該知道的。」

那聲音道：「是的，我們知道，但是我們必須吵醒你，真對不起。」

我悻然道：「什麼事情？」那聲音道：「白小姐走了，她單獨去了，衛先生，她一個人去，十分危險，所以我們不得不吵醒你，告訴你。」

我從牀上直跳了起來，叫道：「什麼？」

我的心緒一激動，便再也聽不到任何聲音了。

在那樣的情形下，還在乎什麼聲音不聲音，我衝出了我的房間，便呆住了。

對面那間房間的門開着，一張紙條，被從打開了的窗戶中吹進來的風，吹得團團亂轉，我一個箭步竄了進去，臥室中是空的。

我俯身拾起了那張紙條來，上面寫着幾個潦草的字：「我必須去，我知道明天討論的結果，你也定會去的，我只是先走一步而已，素。」

那是白素的字，白素真的走了。

我大叫道：「她在什麼地方？」

我得不到回答，因為我那時候的心緒不寧靜，我的腦電波頻率便無法和「他們」發出來的聲波發生感應。

然而，在那樣的情形下，要我定下神來，聽他媽的混賬聲音，那實在是沒有可能的事情，我盡我一切可能地去詛咒「他們」，然後，我衝出了大門。

在我剛一衝出大門之際，我呆住了。

在黑暗的花園草地上，有着無數閃亮的小金點，至少有幾千個。那些小金點，排成了清清楚楚的兩個字：機場。機場，白素在機場！

我應該趕到機場去，但是我卻立即回到了室內。

我拿起電話，撥飛機場的電話，二分鐘之後，我便聽到了白素極其抱歉的聲音。

我認為我應該「大振夫綱」了，所以我聲勢洶洶地問道：「你這是什麼意思？是不要再見我了麼，你說！」

白素的聲音中，帶着哭音，她道：「當然不，你快來，我一定要見你，我現在就要見你。」

我嘆了一口氣：「好的，我來。」

我放下了電話，匆匆收拾了一下，將那隻金球放在一個十分妥善的地方，便趕到了機場，我一到，白素便撲到了我的懷中：「快，飛機快起飛了。」

我看着她，搖了搖頭：「你是一個大大的傻瓜，你知道麼？」

白素道：「我知道，你也是傻瓜，因為你要娶一個大傻瓜做妻子，你是怎麼知道我走的？」

我剛想回答，我的手背之上，便有了一種十分輕微的感覺。

我連忙翻起手背來，我的手背上，沾了不少金色小點，就像是有一些極細的小金粉，落在上面，在每一根汗毛之上，都有着一粒。我道：「你看到了沒有？」

白素深深地吸了一口氣：「我看到了，他們竟有那麼多。」

她一面說，一面伸出手指來，竟想去撫摸那些金粉，我連忙阻止了她：「別碰他們，你碰上去的力道雖然輕，但是對他們來說，可能就是千斤重壓了。」

白素縮回了手：「那麼小的外星人，這真是太不可思議了，我想，他們一定會幫助我們完成這件事的。」

我沒有說什麼。

因為這時候，我如果說這件事是根本不可能完成的話，那麼結果一定是引起一場十分不愉快的爭論。

如今我之所以不和白素再多爭執，是因為我的心中，已經打定了主意。

我所定下的主意是：我和白素一齊到那塊基石所在的地方去，讓白素自己去發覺，那是根本不可能成功的事，到時候，我們再一起退出來。

只有那樣，白素才會死心。

也只有那樣，白素才不會和我再起爭執。當然這樣做，要冒着極大的危險，但是白素在那個地區，認識了很多游擊隊的領導人，以及學會了那地區的言語，而我也會講那地方的話，而且，我們是兩個人。

我們這次冒險的程度，是絕不會比白素上次單獨走進那地區時更甚的。

那些沾在我手臂上的「金粉」，不多久便消失了。他們突如其來地消失，那是由於它們的速度實在太快的緣故。那麼小的體積，再加上高得出奇的速度，這種「小飛船」的本身，便具有無窮的破壞力。因為科學愈是發達，一切儀器機械便愈是精密，我實是不能想像，有這樣小的粒子，穿過一架正在飛行中的噴射客機引擎時，會引起什麼樣的後果。

我們上了機。飛機向北飛去，等到天色黎明時，我們已降落在一個滿是白皚皚積雪的巨大山峰之下的一個小機場上。

我們坐車子進城，這是一座小城，但是卻絕不清靜。小城中幾乎有着來自世界各地，不同國家、不同種族的人。

那麼許多不同國家的人，全部聚集在這樣一個不起眼的小城之中，當然是各有目的。但是大多數卻全是打着「爬山團」、「探險隊」的名義來的。所以，在這個小城中，供應最充分的商品，便是一切爬山的用品。

我和白素，在毫無準備的情形之下，倉促來到這裏，而面對着我們的，便是綿延不斷的高峰，當然我們也必需購買一些用品。

但我們究竟不是去登山探險，我們是要經歷長途跋涉的，是以我們能帶的東西，也不能太多。

當天晚上，我們便已開始踏上征途。

我們走的是白素上次走過的那條舊路，先穿過一片叢林，那片叢林，就花了我們近兩天的時間。而在將穿出叢林之際，我們還得避開哨站和巡邏隊。

接着，我們又翻山越嶺，深入腹地，七天之後，白素和第一個游擊隊取得了聯絡，那個游擊隊是在一個十分隱秘的山谷的廟宇之中，為了白素的重來，幾百人進行了一夜的聯歡，再接下來的日子，我們沿途有游擊隊的照應，可算十分順利。

足足有一個月之久，我未曾得到「他們」的音信。我幾乎是一靜下來，便鎮定心神，希望能和他們聯絡一下的，但是卻總沒有聽到任何聲音。

一個月後，我們已漸漸接近神宮了。

我們開始向神宮走去，沒有多久，便覺得有一些很小的金點，在我們的眼前，不斷地閃動着，像是在帶路。

如果不是我們早知道了那種小金點的來歷，根本不會注意到它的存在，就算看到了，也最多當它是一點塵埃而已。

但如今，我們卻知道那是一艘飛船，這種飛船，被稱為「六人飛船」，也就是說，在這艘飛船之中，一共有六個細小的外星人之多。

這些人的形體如此之小，但是他們的智力，則遠在我們之上。

我忽然心中想：將這種小「人」放大到和我們一樣大，不知道是什麼樣子的？下次和「他們」通話的時候，倒要問他們一下。

我們向神宮走近，沒有人認得出我們是假裝的土著，到了神宮的近前，「六人飛船」又轉了方向，向左轉去，不一會，便將我們帶到了神宮左翼的一個建築物之前。

我們離神宮還相當遠，因為神宮附近，都有士兵守衛，當那小飛船消失了之後，我取出了望遠鏡來，向前觀望着。

那附屬的建築物有五層高，看得出是後來加上去的。

那建築全是一塊塊大石塊砌成的。大石塊作灰色，但是在最底部，卻有一塊很大的石塊，是褐金色的，顏色十分美麗。

我看到了那塊石頭之後，不禁倒抽了一口冷氣。

我將望遠鏡交給了白素：「你看到了沒有，那塊石頭被壓在最下。」

白素道：「我看到了，很美麗。」

我道：「的確是很美麗，但是怎樣取出來呢？」

白素望着我，又回過頭去看望遠鏡。然後，她放下了望遠鏡，一句話也不說。

我趁機道：「你現在也看到了，那根本沒有可能！」

白素搖頭道：「不，我是在默算，需要多少斤烈性炸藥，才能將上面的建築物一齊炸掉。我是説，這塊石頭，無法將之抽出來，必須要將上面的建築物炸掉，然後，才能取出那個星球來。」

我又呆了半晌，才道：「那還不如將周圍的石塊炸去，更方便得多了。」

白素忽然嫵媚地笑了起來：「是麼，那我放棄我的辦法，用你的辦法好了。」

在那一剎那間，我知道，我上當了。

白素特意提出一個十分駭人的辦法來，要我講出一個比較可行的辦法來代替她，那麼，我的「不可能」說，便不攻自破了。

在這樣的情形下，我還能說了不算麼？

我瞪了她一眼：「好，可是，哪裏有炸藥？佈置炸藥，要恰好將周圍的石頭炸去，而又不影響整座建築物，又要保持那塊石塊的完整，這需要一個專家。」

白素笑道：「我有專家。」

我道：「在哪裏？」

白素向我的鼻尖指了一指：「在這裏，在我的面前，就是你！」

我幾乎被她氣得跳了起來。但是我卻沒有法子反駁她的話，因為我對於各種炸藥，使用方法方面的知識，的確可以稱得上是一個專家。

我本來還想問她上哪裏去找炸藥的，但是這時我也不再多問了，問也白問的，看來白素若是決定了要去做一件什麼事，那就算天塌了下來，她還是一定要去做，原來她的固執，遠在我之上。

我想了一想：「爆炸聲至少可以傳到五里以外，聽到了爆炸聲，大批軍隊將從四面八方開來，你可知駐在神宮附近有多少士兵？我相信不會少過三萬人，那時，我們怎麼離去？」

白素睜大了眼睛望着我。

我嘆了一口氣：「所以，我們還是離去吧，做不成一件根本做不到的事情，絕不是什麼恥辱，沒有一個科學家會因為發明不了永動機而難過，我們還是快離開這裏吧。」

白素仍然默不作聲，但是，過了片刻，她卻反問道：「你怎麼知道在爆炸之後，所有的士兵全會向前湧過來呢？」

我道：「他們不過來，難道留在原地打麻將？」

白素道：「我們可以在爆炸後，立即離開，然後，過上一兩天，再來取那塊大隕石。」

我沒有辦法了，只得道：「好，我們先去找炸藥吧！」

我們回到了住所，那幾個游擊隊的領導人，聽說我們準備動軍用倉庫的腦筋，都大是興奮。

這正是游擊隊們久欲動腦筋的目標，因為倉庫中有着大量的軍火，而他們最需要的，正是軍火。

我心想，反正是幹了，就索性大幹一場吧。

於是，我通知他們召集盡可能召集得到的人，來聽命於我，去倉庫中搬東西。

所以，第二晚，當我們出發的時候，不是我和白素兩個人，而是六百多個人。

六百餘人中有男有女，有老有少，都穿著相當寬大的衣服，有的還推着小車子。我們約定了一個時間進攻，「戰爭」很順利，佔領了倉庫。

六百多人竟可以搬走如此眾多的軍火，這真有點令我吃驚，有兩個少年，每人身上掛了七八支槍之外，還抬走了一門迫擊炮。

而我，也找到了需要的炸藥、起重工具和卡車。

我駕着車，化裝成一位軍官，並且取了他的證件，白素也化裝成一個女軍官，一齊向神宮馳去。車子可以馳到離那塊岩石相當近的地方，在車子到達目的地時，那六百多名盜走了武器的人，也到了安全的地方。

我和白素一直來到了那塊岩石之前，仍然沒有什麼意外。

我將那些炸藥，一條一條地貼在那塊岩石的邊，然後將引線拖了出來，到了我們停車子的地方。

當我完成之後，我只要按一下槓桿，驚天動地的爆炸便會發生。根據我的佈置，在那塊岩石的周圍，所有的石塊都會被炸鬆，而那塊岩石，將會毫無損傷地跌出來。

整個建築物的基部，將出現一個大洞，但是整座建築物卻不會受影響。一切似乎都已十分完美了，但是我卻還不按下槓桿去。

因為目前，還有一個問題，沒有法子解決。

當然，我按下槓桿，便會發生大爆炸，但問題在於，卡車不能駛近去，我們雖然有起重工具，但是卻仍然無法將那塊岩石搬回卡車來。

如果有足夠的人力（我們也可以召集足夠的人），那麼，我們可以將大石運到卡車上，但這卻需要時間，至少要半個小時。

而在半小時之內，聞聲而來的大隊士兵，一定已經到達，阻住我們的去路了。我耐心將這個大問題向白素說了一遍，白素默然半晌：「那我們只能分兩次來進行了，先爆炸，再來搬運石塊。」

我搖頭道：「爆炸發生之後，軍方一定深究發生爆炸的原因，一定派更多的人來守衛——」

白素不等我講完，立時道：「慢！我想起來了，當爆炸發生之後，我想對方一定也可以知道那塊岩石與眾不同，他們可能會設法將大石運走。」

我也不禁呆了一呆，白素的話是十分有道理的，對方可能也會將大石運走。在運輸途中，我們將那塊大石搶下來，那不是方便多了麼？

我將手按在槓桿之上，白素將手加在我的手背上。我們兩人一齊出力，向下按去。

那一下爆炸聲，極其驚人。爆炸的氣浪，令得我和白素兩人，身不由主地向後跌去，我們想抓住石角，以穩住身體，但是我們卻都沒有做到這一點。在隆隆的爆炸聲中，那輛卡車翻下了山去，我們也向下滾下去，直到滾下了好幾十呎，總算才抓到了一株樹。

這時候，爆炸的現場究竟是如何模樣，我們也看不到，我們只看到一陣陣的濃煙，向上升來，我們向下看去，下面的山坡不是很陡峭，我忙道：「我們由下面離開。」

白素點了點頭，我們一齊向下攀去，等到腳踏實地之後，我們找到了一條小路，翻上了另一個山崗。

守衛軍隊的行動之快，出乎我們的意料之外，我們在翻上了另一個小山崗，在黑暗之中隱伏下來之際，只見大隊大隊的士兵已向前衝去。

我們看了一會，才悄悄地退了回去。

附近全已在實施戒嚴，幾乎是五步一崗，十步一哨。

這可苦了我們，我們閃進了一所空屋子之後，便沒有法子再前進一步。

在這個神宮所在地的城市中，有很多這樣的空屋子，屋主人不是死了，便是參加了反抗的行動，所謂「十室九空」，大概就是這時的寫照了。

我和白素縮在牆角中，希望不要有人來搜索這間空屋子。

我們聽到一隊隊士兵開過去的聲音，幸運的是我們並沒有發生什麼問題。

一直到天亮，我們從一個小得可憐的窗口中望出去。街上根本沒有行人，只有大隊荷槍實彈的士兵，在走來走去。

我們被困在這間空屋之中，一連幾天，一步也不敢出去，靠着乾糧充飢，到第五天晚上，才看到警戒略鬆，我和白素離開了屋子，可是無論怎樣，我們都無法接近爆炸現場。直到白素也認為絕望了，我們才離開。兩天後的一個晚上，我們正在一處曠野中，我坐着，望着星空，忽然我的耳際，又響起了聲音。

那種聲音一傳入了我的耳中，剎那之間，我也不理會他們要講些什麼，便立即大搖其手：「別再說了，我不能再幫你們什麼了。」

那聲音嘆息了一聲，靜了下來。

我以為「他們」就此離去了，但過了片刻，第二下嘆息聲又傳入了我的耳中。如果不是我知道那嘆息聲是那種微小之極的星球人發出來的話，一定會以為有鬼了。

我沒好氣道：「你們還不走麼？」

那聲音道：「是的，我們不會再來麻煩你了。我們還要謝謝你，因為你已幫助了我們，而且，你們已完成了最困難的部分。」

那聲音第三次嘆息。

隨着第三下嘆息聲，那聲音又道：「你想看看我們是什麼樣子的，是不是？你有顯微鏡麼？」

我揮手道：「當然沒有，你們去吧，我也不想看你們的樣子了。」

第四下嘆息聲傳入了我的耳中，只不過那一下嘆息聲漸漸遠去了。

我如釋重負地躺了下來，我實在已經受夠了，能夠擺脱這樣的小生物，實在是天大的幸事，因為誰也不知道他們究竟會生出什麼古怪的念頭來。

我躺了下來。當我躺下來的時候，我聽白素翻了一個身。

我心中暗自禱念：剛才的話，最好不要讓白素聽到，因為給她聽到的話，說不定她會斥我沒有同情心了。

白素翻了一個身之後，並沒有什麼聲音發出來，她顯然是睡着了。

我舒舒服服地伸了一個懶腰，但是，也就在這時候，我突然聽到白素道：「是的，我聽到了，我聽到了！」

我陡地一驚，翻身坐了起來，白素說「我聽到了」，那是什麼意思？是不是這種「人」找到了什麼方法和白素通話呢？

可是我卻聽不到什麼聲音。

白素接着又道：「別感謝我們，我們其實把事情反而弄糟了。」

真是「他們」！

又過了一會，只聽得白素突然以充滿同情的聲音道：「是麼？那太糟糕了，那實在是太糟糕了，我看還是我們再——」

我不等她講話，叫了起來：「別說了，別說了，剛才我已將他們打發掉了，你又答應他們一些什麼？」

白素氣沖沖地道：「你愈來愈不尊重我了，我正在和人講話，你怎麼可以打斷我們的話題？」

我也沒好氣起來：「你不是在和人說話，你是在和不知道什麼樣的東西講話。」

白素道：「你曾答應過人家，而如今又想半途而廢。」

我道：「那麼，你準備怎樣進行呢？」

白素道：「我們可以設法將那塊石頭弄出來。」

我不再出聲，只是聽着她講。

白素又道：「等到那塊岩石運出來之後，可以再想辦法。」

我嘆了一口氣，道：「空口講白話沒有用處，想辦法，有什麼辦法可想呢？就算得到了那石頭，哪裏來火箭將之送入太空？」

白素又呆了半晌：「看來，真是沒有辦法了？」

我連忙道：「你開始正視現實了。」

白素側着頭，想了好一會，才慢慢地向外走了出去，站了一站：「可是我總感到，我們欠了他們一些什麼。」

我沒有答腔，只是目送着她走了出去，她走了幾步，又站定了身子。然後，她轉過身來道：「剛才，他們並沒有再要我幫忙。」

我忙道：「那就最好了。」

白素苦笑了一下：「可是，我卻老感覺到，我們若是就這樣罷手了，那對不起他們。」

我趕了出去，握住了她的手：「別胡思亂想了，那種『人』既然已在地球上生存了幾百年，當然仍可以繼續生存下去的。」

白素卻搖頭道：「不，他們活不下去了，他們最需要的一種氣體，已快用完了，他們全體，至多還有半年可活，這是他們剛才告訴我的，而他們的行星，如果能夠回到他們原來的空際之中，那麼，就沒有問題了。」

我聽了之後，心頭也是十分沉重。

這些「小人物」，毫無疑問，是一種極其優秀的高級生物。他們優秀到了可以避免與他們的星球一齊毀滅的程度，優秀到了在地球數百年，但是絕不擾及地球人的程度。

這樣優秀的一種高級生物，要全部毀滅，那實在是一件非常可惜的事情。

但是，我們又有什麼辦法呢？

我和白素一齊沉默着，過了半晌，白素突然道：「我想，我們個人的力量是難以辦得到這一點的了，我們或者可以向強國的政府求助？」

我苦笑道：「你想，我們的話，會有人相信麼？一個政府肯撥出巨大的經費來從事於這樣無稽的行動，易地以處，你肯麼？」

白素也苦笑了起來。我們兩人都因為心情沉重而睡不着，索性一齊慢慢地一直踱到了天亮。

天亮之後，我們再繼續趕路，走了四天，才到了一個小城中，那地方是有飛機場的。

我們搭飛機來到了加爾各答，在加市只不過逗留了半天，立即又搭飛機回到了家中。

第十一部

最後的爭鬥

老蔡熱烈地歡迎我們，回到了久別的家中，我們的心情應該是十分愉快的，但是我們兩個人卻笑不出來。

我本來認為白素的主張，十分可笑，因為我們既然愛莫能助，自然應該心安理得的，但是如今的情形，卻是大不相同。

如今，我們知道那些高級生物，在大約半年的時間內，會全部死亡。那一種難以形容的不舒服的感覺，壓在我們兩人的心頭，使我們幾乎沒有法子歡樂。

我們盡量避免提起這件事，在接下來的幾天中，我們拚命尋找歡樂，但是在那幾天中，我們卻從來未曾開懷地笑過一次。

到了第五天晚上，我實在忍不住了。我嘆了一口氣：「我看我們要面對現實，我們來討論討論怎麼辦吧。」

白素幽怨地望了我一眼：「我早就想提出來了，但是又怕你不聽我。」

我搖頭道：「我的意思是，我們兩個人，是絕不會有這個力量的，我們不妨向大國政府求助，看看是不是會有結果。」

白素喜道：「這就是我所提出來的辦法。」

我又道：「首先，我們還要和他們通一次話，看看他們可有什麼別的國家急需要的科學知識，作為交換幫助他們的條件。」

白素點了點頭，我們兩人，都一本正經地盤住了腿，靜坐了起來。

我們都期望可以聽到「他們」的聲音。

但是，一小時很快過去了，我們什麼也未曾聽到。

我和白素面面相覷，我們只當自己的心緒，還未真正的寧靜下來，所以我們的腦電波，便不能和那種高級生物所發出的聲音，發生感應。

所以我們繼續靜坐下來。

然而，又過了兩小時，仍然是一點感應也沒有。

我們明知愈是急躁，便愈是難以和這些高級生物通話，但是我和白素兩人，卻都不由自主地焦急起來，我們決定今晚放棄這個企圖了。

我們自己對自己解釋，那些小生物如今一定是在不知什麼地方，未能知道我們和他們通話的意圖，所以才會無結果的。

所以，我在放棄了靜坐之後，當即向印度方面，通了一個長途電話，一則，我的行動，可能使那些「人」知道我的所在！二則那天外金球——星際人的奇妙的太空船——我還未曾歸還給章摩，我告訴了章摩的秘書，金球的所在，並抱歉我不能親手歸還。

同時，我還附帶問了一下，章摩是不是在這幾天有特別的感應？我得到的回答是「不」。

有二天天黝黑，我和白素便開始靜坐，可是一直到午夜，我們仍是一無所獲。

我們兩人都覺得十分沮喪，我首先站了起來，白素望了我一眼：「你別心急——」

她一句話未曾講完，突然停了下來，而我的心神，也突然緊張了起來。我居住的地方，本就十分寂靜，而且這時又是午夜了，可以說有任何一點聲音，都瞞不過我們的耳朵的。

就在白素的話講到一半之際，我們兩人，都聽到樓下的大門上，發出了輕微的「格勒」一聲響。

有人在用鑰匙開門。

這屋子中只住了三個人。我、白素、還有老蔡。

我可以肯定老蔡是早已在他的房間中睡着了，我和白素都在這裏，那麼，開門的是什麼人？

我連忙向白素作了一個手勢，將房門慢慢地拉開了一線。

我們靜坐的所在是我的書房，我們是早已熄了燈，樓下的客廳中也沒有燈，但由於我的眼睛已習慣於黑暗的緣故，所以我向通道走廊的欄杆一望下去，就看到大門的門把在緩緩地轉動。

過了不到半分鐘，大門便被人輕輕地推開了三寸。大門被推開了三寸之後，一條鐵鏈，便使得門不能繼續打開，於是，我又看到一柄鉗子從門縫中伸了進來，去夾那條鐵鏈。

我趁這個機會，向白素做了一個手勢，示意她留在書房中。而我自己，則推開了房門，衝出了一步，來到了樓梯口上。

我不是由樓梯走下去的，因為那不但慢，而且容易發出聲響來。我是跨上了樓梯的扶手，疾滑了下去的。那本是小孩子最喜歡的遊戲，但卻也是無聲而迅疾地下樓梯的最好方法。

我滑下了樓梯，剛在一張沙發後面躲了起來，便又聽到了「得」地一聲，那根鐵鏈被夾斷，一個人推開門，走了進來。

我本來以為，打開門來的不速之客，只不過是一個普通的小偷。可是，當那人一推進門來時，我自沙發背後，探出小半個頭看去，一看之下，我突然吃了一驚，那偷進來的人，身形相當矮小。

我沒有看清那人的面貌，事實上，我根本不必看清那人的面貌，便可以知道那是錢萬人。

這實在是出乎意料之外的事情。

錢萬人似乎還有同伴，但是和他一齊來的人並沒有進屋。我之所以作如此判斷，乃是因為他進屋之後，向前看了一眼，立時又向外面作了一個手勢的緣故。

我看到錢萬人向前跨出了一步之後，已掏出了手槍，套上滅聲管。

看到他的手中有武器，我又改變了我的計劃。

本來，我準備站起來大聲喝阻，然而此際我已明白，他夤夜前來，目的大有可能是實行極其卑鄙的暗殺，那我又何必跟他客氣？

我的雙手，按在沙發的臂上，看着他的躡手躡足，一步步地向樓梯口走去。

等到他來到了離沙發只有五六呎之際，我用力推出了沙發，整張沙發，帶着極大的力道，向前撞了過去！錢萬人雖然立即發覺，轉過身來，「撲」、「撲」連射了兩槍，但是，他的身子仍然被沙發撞跌在地。

我在推出了沙發之後，身子便一直蹲着，錢萬人的兩槍，都射進了沙發中，我一看到錢萬人被撞倒，雙手抓住了地氈的邊緣，將地氈猛地向上抖了起來。錢萬人跌倒在地，一骨碌爬了起來，可是他卻防不到腳下的地氈在剎那之間會抖了起來，是以身子一滑，再度跌倒。

當錢萬人再度跌倒之際，我身子，已經向前撲了過去。而由於他手中有槍的緣故，我是拉着地氈，一齊向前撲出去的。

錢萬人放了兩槍，他射出的槍彈穿透了地氈，我僥倖未被射中。

但是，我已不給他有機會發射第三槍。因為我已連人帶地氈，一齊壓到了他的身上，我順手拉起了一隻用整個樹根雕成的小几，重重地向下，敲了下去。

雖然隔着地氈，但是仍然可以知道錢萬人的頭部在什麼地方，我那一擊的力道十分大，擊下去了之後，錢萬人的身子便不動了。

我為了可靠起見，再補擊了一下。

那第二下敲擊的力道，卻不是十分大，因為我怕將他的腦殼敲碎了。

我不想令他死亡，只是要他吃多些苦頭，好讓他知道我不是好惹的，敲過了第二下之後，我站了起來，先到門口，將門打開了一道縫，向外看了一看。

我們在客廳中的打鬥，雖然激烈，而且錢萬人還發了四槍，但是由於槍是配有滅音器的緣故，聲音並不十分大。

當我拉開門向外看去之際，只見門外人影閃閃，足有七八人在外，監視着我的房子。而這些人，顯然不知道他們的頭子已經出了毛病了。

我再回到了地氈之旁，掀起了地氈，我發現我那兩擊中，有一擊是擊在錢萬人的臉上的，因為他正可怕地流着鼻血，幾乎連鼻骨都斷了。

我將他拖着，上了樓梯。

白素在書房內問我：「什麼人？」

我低聲回答道：「錢萬人！」

白素吃了一驚，低呼了一聲：「是他？」

我笑道：「怕什麼，你看他，十足像一條死魚。」

白素呆了一呆，她隨即低頭一看，看到了錢萬人的那種樣子，她也不禁笑了起來：「怎麼一回事？他何以如此不濟？」

我拍了拍胸口：「不是他不濟事，是我的神通廣大，知道麼？」

白素笑道：「老鼠跌在天平上。」

我將錢萬人拖了過來，取出了兩副手銬，將他的雙手，和我的書桌的不鏽鋼腳，鎖在一起。然後，我用一盆凍水，向他的頭上淋去。

幾乎是凍水一淋到了他的頭上，他就醒過來了。

他睜大了眼，我將一盞極強烈的燈光，對準了他照射。在那樣強烈的光線的照射下，他除了眩目的光芒之外，看不到任何物事。他的頭左右地擺着，顯然是他絕不知道自己來到了什麼地方。他的面上，也現出了焦急無匹的神情來，口角牽動着，大聲道：「什麼地方？我在什麼地方？有人麼？」

他竭力地掙扎着，蹬着腿，想要彎身坐起來，但由於他雙手被扣着，所以不論他怎樣掙扎，都沒有用處。

白素好幾次要出聲告訴他，他是落在我們的手中了，但是卻都被我阻止。我自己也有過這種經驗的，那便是在不知道自己落在什麼樣的敵人手中之際，心中最是驚惶、恐懼。那種滋味自然是十分不好受的。

而因為錢萬人這傢伙太可惡了，所以我就是要使他嘗嘗這種不好受的滋味。足足過了十分鐘，錢萬人的聲音已經變得嘶啞了，我才冷冷地道：「錢先生，你太激動了，一個半夜偷進別人家中來的人，怎可以大叫大嚷？」

一聽到我的聲音，錢萬人立時靜了下來。

這傢伙也真厲害，他當然看不到我的，但是他的頭部，卻立即向我所站立的地方轉來，這證明他的神經仍然保持着鎮定。

我輕輕地跨出了兩步，不再出聲。過了好一會，錢萬人終於沉不住氣了，他道：「你們想將我怎樣？」

我冷笑了一聲：「這是我正要問你的問題。」

錢萬人閉上了眼睛：「我已中了暗算，還有什麼好說的？」

我道：「如果不是你想暗算人，你又怎會中了我的暗算。我不妨告訴你，你想要那金球，是不可能的事，因為金球已經不存在了。」

那天外金球當然不是不存在了，但我故意如此說法，目的就是為了使錢萬人死了這條心。我當然不會怕他，但如果他一直和我糾纏不休，常言道明槍易躲，暗箭難防，卻也是極其麻煩的事情。

錢萬人「哼」地一聲，也不表示驚異，更不表示他不信我的話。

我繼續道：「所以，你是白走一趟了，如今準備通知當地警方人員，將你帶走。」

錢萬人強充鎮定不再存在了，他的面上，出現了肌肉的可怕的扭曲。他的面色，也變得可怕地蒼白。他是一個特務——而且不是普通的特務，而是一個大特務。一個大特務而被當着小偷一樣地落到了當地警方的手中，只怕世界上沒有比這更尷尬一點的事情了。

我的那句話，顯然是擊中了他的要害。

過了好一會，我又開口道：「怎麼樣，我現在就撥電話了，你還有什麼話要說？」

錢萬人突然叫了起來：「不！」

我哈哈大笑：「你當然不會同意我的做法的。問題是你以什麼來作為我不那樣做的交換條件？」

錢萬人喘息着：「你要怎麼樣？」

我想了一想。錢萬人是不顧信義的人，我當然不能憑他口頭上的答應，便自輕信他的話。

那麼，最好的方法，便是要他寫下字據來。他如今隸屬的軍隊，是世界上對自己人猜忌最甚的軍隊，整肅的陰影，時時籠罩在每一個軍隊成員的頭上——包括士兵，以至將軍。

如果他有一封信，表示他有泄露秘密的意願，那麼他是絕不敢再來麻煩我的了。

這個辦法顯然卑鄙一些，但是對付像他這樣的人，卻也恰好用得上。

我打定了主意：「好的，你寫一封信，收信人是我，在信中，你表示有很多重要的情報，要找我出賣，這封信寫好了，你可以安然離去。」

錢萬人咬牙切齒：「你是個卑鄙的老鼠！」

我冷笑一聲，道：「這個頭銜留給你自己用，再恰當也沒有。」

錢萬人的口角牽搐着，他沉默了五分鐘，終於咬牙道：「好，我寫。」

我準備好了紙與筆，俯下身，「咔」地一聲，將他右手的手銬，打了開來。

我不能不說我自己太大意了。

因為我以為錢萬人在如今這樣的情形之下，是沒有機會反抗的。我解開了他的一隻手，他還有一隻被扣着，而退一步而言，即使他制服了我，還有白素在一旁，他又有什麼辦法？

但是我卻忽略了一點，那便是白素是深愛我的人，在我一受到危險之際，她會慌了手腳，只想到怎樣令我安全，而不會想及其他的。

於是，我遭到了失敗——那可以說是我一生中所遭到的最可恥的失敗。因為我是在幾乎絕對優勢的情形之下，反勝為敗的。

我解開了錢萬人的右手，由於我要解開他右手的手銬，我就必須離得他很近，這樣，我自己也到了強光照射的範圍之內，其餘地方的情形，我是看不到的。

就在我剛一解開他的右手之際，我陡地覺得，似乎有兩條黑影，在我的頭上疾壓了下來。

等到我要想逃避時，已經遲了！

那是錢萬人的兩條腿，他猛地抖起雙腿，挾住了我的頭頸，將我的身子硬拖了過來。

在那樣的情形下，我只來得及重重地送出了一拳。

那一拳的力道，着實不輕，是送在錢萬人的肋骨上的。但是，那一拳卻不能挽救我的敗勢，錢萬人右手猛地一揮，像是變魔術一樣，他的手中，又多了一柄小巧的手槍。

他的手腕還戴着手銬，但是那卻並不妨礙他的動作，他將那柄手槍的槍口，壓住了我頸旁的大動脈，然後喝道：「將燈移開。」

那一切變故，全是在電光石火、極短的時間之內發生的，白素完全被驚呆了。

白素是在幾秒鐘之內，才恢復了鎮定。

但是當她恢復了鎮定的時候，對我不利的局面已經形成了。錢萬人再度喝道：「將燈移開。」

我估計錢萬人在眼前陡然一黑之際，是會有一個短暫時間視而不見的。但是我卻絕沒有法子利用這短暫的時間來做些什麼。

我的頸際被槍口緊緊地壓着，在那樣的情形下，我怎麼能亂動。

白素移開了燈，慌忙地道：「你放開他，有話可以慢慢地說。」

白素的這句話，在如今這樣的情形之下聽來，若是我可以笑出聲來的話，一定放聲大笑了。因為那是極其可笑的事，錢萬人怎肯放手？

錢萬人冷笑了一聲，「聽我的吩咐去做！」

白素的聲音有些發顫，她忙道：「好，你說，你說。」

我在突然被錢萬人制住之後，腦中也是一片慌亂，直到這時候，我才略略定下神來，我勉力掙扎着道：「別聽他指使。」

我講了那句話的結果，是使得錢萬人更用力將槍口壓在我的頸上。

如果這時用槍壓住了我頸部大動脈的是一個平常人的話，我可能還有掙扎的餘地。但是如今這個人，卻也是深通中國武術的錢萬人！錢萬人在中國武術上的造詣，還在我之上！在那樣的情形之下，我當然沒有掙扎的餘地。

我看不見錢萬人手部的動作，但是我想白素一定是看到了他的手指，緊了一緊，是以白素立時尖叫了起來：「衛，別再動了。」

我吸了一口氣，不敢再動。

錢萬人冷笑了一聲：「聽着，先將我左手的手銬解開來。」

這實是奇恥大辱，錢萬人的一隻手還被銬着，可是他卻制服了我。

白素連忙答應着，將他左手的手銬鬆了開來。

這一來，我掙脫的希望更減少了。

錢萬人獰笑着：「在門外，我有八個同伴在，你去帶他們進來。」

這八個人若是一進來，我可以說一點希望也沒有了。

但是如今，我卻沒有法子可以不讓白素去做這件事。白素站了起來：「我去，但是你絕不可以傷害他，絕不能！」

錢萬人獰笑着：「你放心好了，我還有許多事情要問他哩！」

白素嘆了一口氣，急急地走了開去，錢萬人等她出了門，才道：「衛斯理，六十年風水輪流轉，你也有落在我手中的一天？」

我心中拚命地在思索着，如何去扭轉劣勢，但是我的腦中，卻是一片空白。

我聽得錢萬人得意地笑了笑，然後道：「第一件你要回答我的事是：那金球在什麼地方？」

我的回答顯然使他十分憤怒，因為我道：「你得不到它了。這金球是什麼東西，你是做夢也想不到的，它已經被我毀去了。」

錢萬人冷笑着：「你將金球毀去了？那是絕無可能的事情，金球究竟在什麼地方，我給你一分鐘的時間去考慮這件事。」

我仍然堅持：「是已經毀去了，你能逼我講出什麼第二個答案來？」

錢萬人冷笑道：「一分鐘，如果你不說的話，我便將你帶走，將你帶到我們工作的單位去，將你當作特務，受軍法審判。」

我聽了他的話，身子不禁抖動了一下。

這是一件可怕之極的事情，如果真的是那樣的話，那我寧願他如今就一槍將我射死了。

我沒有回答，錢萬人冷冷地道：「還剩四十五秒。」

我仍然不出聲，時間過得實在太快，他又道：「還有三十秒。」

就在這時候，一陣凌亂的腳步聲，傳了進來，顯然是有許多人走上了樓梯，接着，白素便推門而入，道：「他們來了。」

錢萬人先道：「只有十五秒鐘了！」然後才道：「進來兩個人。」

兩人應聲而入，我看不到他們的人，但是卻可以聽到他們的腳步聲，那兩個人走到了近前，又聽得錢萬人吩咐道：「扭住他的手臂，槍要緊緊地抵住他的背脊，千萬小心。」

我的身子，隨即被兩個人提了起來，錢萬人的手槍，離開了我的頸際。

而就在那電光石火的一剎那間，一切全變了。

白素飛快地掠了上來，一掌反砍，砍在錢萬人的手臂上，錢萬人料不到白素忽然之間，會有這樣的一着，一掌正被砍中，手中的槍，「啪」地一聲，跌了下來。

在那一瞬間，我也莫名其妙，不明白何以白素在忽然之間，竟不再顧及我的生死安危了。

緊接着，拉住我的兩個人，也突然一鬆手，兩人一齊向前跳了過去，錢萬人的雙臂，已被他們兩人緊緊地執住了。

在那片刻間，我只看到，那兩個人中的一個，身形高大，單看他的背影，便已令人生出一股肅然起敬的感覺。

我一張口，剛要叫出那人的名字來，但是錢萬人卻已先我一步叫道：「白老大！」

那人是白老大，白素的父親！

他是在法國研究如何使新酒變陳的，竟會突然之間來到了這裏，那實在是我所絕對想不到的。白老大一到，事情當然已解決了。

白老大身上這時所穿的，是一套不十分合身的西裝，我相信那一定是他在屋外，制服了錢萬人帶來的人之後所穿上的，這也是為什麼他跟着白素進來之後，錢萬人一時之間，竟未覺察的原因。

我向白素望去，白素撲進了我的懷中。我和白素一齊來到了白老大的面前。和白老大一齊來的，是另一個精神奕奕的老年人。

錢萬人這時，已頹然地倒在一張沙發上，面如死灰，身子也不由自主地發着抖。

白老人目光炯炯地望着他：「聽說你現在當了大官了，是不是？」

錢萬人並沒有回答。

白老大又緩緩地道：「我們這些人，可能已經落伍了，不適合時代的潮流了，但不論怎樣，我們總是草莽中人，怎可以和官府在一起？更不可以自己去做官，你難道不明白？」

白老大頓了一頓：「這一番話，早在你替日本人當漢奸的時候，我已經說過的了。」

錢萬人的面色，更變得像死人一樣，他的身子一滑，從沙發上滑了下來，「撲」地跪在地上，顫聲道：「老大，別說了！別說了！」

白老大冷笑道：「本來，我是答應過你，絕不將這件往事講給任何人聽。只要你肯利用你如今的職位，多為老百姓想想，我也依然遵守諾言，可是如果你為虎作倀的話，我卻也只有不顧信義了。」

錢萬人汗如雨下：「是，老大教訓的是，我一定盡力而為。」

白老大來回踱了幾步，向我望來。

我看得出白老大的意思，是在向我徵詢處理錢萬人的意見。我想了一想：「如果錢先生肯多為老百姓着想，那麼以他如今位居高官的情形來看，倒未始不是老百姓的福氣，只是不知他肯不肯。」

錢萬人連聲道：「我肯，肯，肯！」

白老大來回地走了幾步：「口說無憑。」

錢萬人哭喪着臉：「你要怎樣呢？」

錢萬人並不是不勇敢和一擊就敗的人，他能夠在我完全處於上風的情形之下，扭轉劣勢。如果不是白老大突然來到的話，那麼我的處境，實是不堪設想。

但是，錢萬人在白老大的面前，卻是一點反抗的行動也拿不出來。

他和白老大兩人，原來都是幫會中的人，而白老大的地位極高，他是素知的，當一個人看到了敵人而感到心怯的時候，就絕對不可能再和敵人周旋下去。

白老大站定了身子：「每隔半年，你便要做一件使我們知道的大事，要不然，我就將你的底細，送給你的上司。」

錢萬人忙道：「這樣……我很快就會被他們視作異己分子。」

白老大冷冷地道：「我看不會，你有足夠的機智可以去應付他們。」錢萬人嘆了一口氣，道：「好吧！」

白老大道：「當然，只要你肯答應的話，我們也不會太難為你的。你的幾個手下全在外面。」

一聽到這句話，錢萬人的面上，才算有了一點生氣。

白老大在他的肩頭上拍了拍：「你還得向你的手下準備一個英勇的脱險故事才行。」

錢萬人苦笑了一下：「別再拿我取笑了。」

白老大揮了揮手，錢萬人狼狽地向外走去，到了門口，站了一站，看他的樣子，似乎還想説些什麼，但是他最後卻仍然未曾開口，只是嘆了一口氣，便打開門，走了出去。

我直到這時候，才真正地鬆了一口氣：「幸而你們及時趕到，要不然，真是不堪設想了。」

白素笑道：「我也是萬萬料不到的，我一出門，就看到爹，我幾乎以為自己是在做夢！」

白老大道：「我是乘夜班飛機來的，我想給你們一個意外的驚喜，所以未曾打電話來，卻不料到了門口，見到七八個人鬼鬼祟祟，分明是要對你們不利，將他們全都制服了之後，他們道出了錢萬人在裏面，所以我們就準備改了裝摸進來。」

我們大家都說笑了一陣，全然沒有人覺得疲倦，我打開了酒櫃，取出了酒來。等到我一杯在手之際，我才陡地想了起來：「你不是在研究如何使白蘭地變陳的辦法麼？」

白老大站了起來：「是的，而且，我已成功了。」

我「啊」地一聲：「你成功了，你一定可以成為全世界酒徒心目中的救世主，這是多少科學家研究不成功的問題，關鍵在什麼地方？」

白老大來回踱了幾步，揚起手來：「很簡單，將新釀成的白蘭地，放在木桶中，置於陰暗之處，過上五十年到一百年，酒便香醇無比了。」

我和白素都呆了一呆，但是接着，我們都忍不住大笑了起來。

白老大和他同來的人，也一起大笑了起來。

白老大所講的辦法，是多年來的老辦法。事實上白老大是失敗了，除了這個方法之外，是絕沒有別的方法，可以使白蘭地變得香醇的！

我笑了好半晌：「那麼，我們的婚禮，該飲什麼酒呢？」

白老大道：「我們雖然沒有成功，但是卻在一個古堡之中，發現了一批陳酒，那可能是世界上最陳舊的白蘭地，所以你們的婚禮，仍然有最好的酒。」

我們又笑了起來，白素才道：「爹，我將一件最奇的奇事講給你聽。」

她將有關金球的事，全部講給了白老大聽。她講得十分之詳細，有許多細節，根本是我也忘記了的。

白老大靜靜地聽着。

等到白素講完，天已經亮了！

白老大一拍手掌：「你們沒有再繼續麼？我們應該做這一件驚天動地的事情，小衛，你盡量設法，再和他們聯絡。」

白老大的話，我是不敢不從的，於是，我像是苦行僧也似的獨自在靜室中過了七天之久。然而這七天我卻一無所獲。

在那七天之後的半年中，我和白素時時希望聽到「他們」的聲音，但我們一直失望，這些奇妙的高級生物，已到何處去了，為什麼不和我們聯絡了，那沒有人知道。我們所知道的只是：他們在半年之後，已經沒有了他們所需要的氣體，他們一定全數死亡。

這是極使我悵然，但是又是無可奈何的一件事，別以為我不關心他們，我和白素的婚禮，是在半年之後，確知他們已不可能再有音信之後才舉行的。

（全文完）

衛斯理小說典藏版　72

天外金球

作　　者：　衛斯理（倪匡）
責任編輯：　黎倩雲　　余慧心
封面設計：　李錦興
出　　版：　明窗出版社
發　　行：　明報出版社有限公司
　　　　　　香港柴灣嘉業街18號
　　　　　　明報工業中心A座15樓
電　　話：　2595 3215
傳　　眞：　2898 2646
網　　址：　https://books.mingpao.com/
電子郵箱：　mpp@mingpao.com
版　　次：　二〇二二年八月初版
I S B N：　978-988-8828-17-3
承　　印：　美雅印刷製本有限公司